高台树色 著

穿堂惊掠琵琶声

廣東旅游出版社
中国·广州

穿堂惊掠琵琶声

『放他三千裘马去,不寄俗生,唯贪我三枕黄粱梦。』

他笑意未消,眉梢尽是洒脱的不羁。

一切的热烈来得突然,明明是初夏,孟新堂却好似被光打了眼。

高台树色 作品

「又穿这么少跑出来,这种东西不抗风,还是要穿正经的外套。」

沈识檐没动,就在那儿笑着看着孟新堂,从鼻子里发出一声漫不经心的『嗯』。

他的目光落到孟新堂的肩膀上,那里有些尘土的痕迹,或许是落叶曾落到他的肩头,又随着他的行走而离开。

穿堂惊掠琵琶声

高台树色 作品

京惊 琵琶声

后记 241

番外一 再带一束花给你 243

番外二 到如今,年复一年 253

穿堂

目录

壹	初夏	001
贰	赏花	049
叁	旧伤	105
肆	月照	143
伍	英雄	177
陆	余岁	209

想 买 束 花　　给 你

可 路 口 的 花 店 没 开

我 又 实 在　　想 念

壹 初夏

——还不知道怎么称呼。

——孟新堂,新旧的新,庙堂的堂。

不介意的话,希望和您交个朋友。

01

魏启明新开的茶馆有点意思。

孟新堂执着一支烟,抬手,虚点向头顶悬着的牌匾。

"你这是个什么名字?"

牌匾上书两个字:了堂。

字体线条劲挺,细看下来,能寻到点米芾的痕迹在里面,估计是从哪个当代大家那儿淘来的。

"这你就没见识了吧?"魏启明笑得得意,眼都眯了起来,"现在的人都爱附庸风雅,我这茶馆卖的就是情怀,这名字起得越怪,越让人看不懂,人家就越觉得你有文化、有深度。"

孟新堂摇头轻笑,指尖的烟画了条小弧线出来:"合着你这是乱起了个名,蒙人的。"

两人又调侃了几句,进了茶馆,刚进门,就听见一声声清脆的"魏老板"。

一圈转下来,孟新堂不得不承认,魏启明这回还真是把这里弄得有模有样,起码挺能唬人的。一溜儿的方桌搭着大长板凳,茶壶讲究到不同的茶配不同的壶,紫砂、白瓷、盖碗,还有老北京的特色大铜壶。最别致的，竟然还有京剧声映衬着。

孟新堂觉得新奇，四处张望，却没找到这戏声的来源。

魏老板陪着他转悠，嘴上絮絮叨叨地介绍着。

"一楼大堂，二楼雅间。这一楼呢，不管是桌椅还是这吆喝声，都完全复古。别的我不敢说，但是这大堂的气氛啊，热闹劲儿啊，绝对跟早先时候的茶楼有的一拼。"

孟新堂在门口就已经把烟掐了，这会儿跟着魏启明走动，手上空落落的，怪不自在。

魏启明却是兴致正高，又指着一扇侧门说道："看见没？后面就是老胡同口，一帮大爷天天聚在那儿唱戏，传到我这大堂里，那就是天然背景乐，忒完美。"

经他这么一说，孟新堂才明白过来。他朝那扇透着光的后门看了一眼，但由于被竹帘掩着，看不清门外的光景。

"你想坐楼上还是楼下？"魏启明问。

"楼下吧，"孟新堂收回目光，笑道，"还能听听曲儿。"

两个人拣了个靠窗的位置坐下，对于茶，孟新堂既不懂也不讲究，只按习惯，叫了一壶高沫儿。

"你怎么今天有空过来了？"魏启明跷着二郎腿，胳膊撑着椅子扶手问道，"平时哪儿见得着你。"

滚着热气的茶水从龙嘴泻出来，沏开一团茶香。

"项目出了点问题，临时被叫停，这阵子在家休假。"

魏启明的脸上立马现出惊讶的神色："项目出问题？"

孟新堂倒是神色如常，不甚走心地点了点头。魏启明古怪地看着他，皱起了眉："得是出了什么问题，搞得你这个工作狂不上班了啊？"

没急着回答这个问题，孟新堂将茶杯递到唇边，不紧不慢地饮了一口，搁下茶杯，先夸赞道："这茶确实不错。"

"得得得，这还用你说？"

要是孟新堂都懂了茶，他这间茶馆怕是要火到天上去了。

孟新堂又自顾自地笑了两声，才悠悠地说："不上班倒也不是完全因为项目的问题，我跟领导吵了一架而已。"

和领导吵了一架？

这下魏启明彻底合不拢嘴了。要知道，打从他认识孟新堂开始，这人就已经活得跟个四十岁的大叔一样，永远是旁观般地沉静，不动气，亦不会为任何事红脸。

楼上下来一个小哥，穿棉麻布的对襟衫，毛巾搭在肩膀上。他站在楼梯上，扶着栏杆喊："魏老板，客人找。"

这一声吆喝，打断了魏启明打算深究的问题。

魏启明扬头"哎"了一声，跟孟新堂说："那你自己先坐会儿，我去说两句话就回来。"

孟新堂冲他摆摆手，示意他忙他的。

魏启明走后，孟新堂就悠哉地自斟自饮。他平日工作忙，活得专注又枯燥，没什么爱好兴趣，也没什么高雅的追求，大部分时间埋头在研究室里，在相对封闭的环境中日复一日地做着课题。如今坐在这样的茶馆里，品着茶，听着闲言碎语、飞短流长，他竟生出一种回归平和的真实感。周围人的杂谈声、来来往往的脚步声，还有由侧门而入的戏曲声，于他而言都算是奇妙的体验。

门外的大爷唱的曲儿他听不懂，但觉得挺好听。孟新堂敲着桌子想：反正还要歇好一阵儿，不如改天去正儿八经地听听戏，领悟领悟国粹。

他正这么想着，外头的戏声就停了。约莫是外头的人谈论了什么有趣的事，一阵爽朗的笑声飘了进来。很奇异，一片浑厚的笑声中，掺了一道青年音。

孟新堂心头觉得奇怪，止不住猜测。

茶杯已经亮了三次底。

孟新堂正斟上第四杯，一阵婉转的曲声就在这时响了起来，弦声阵阵，猝不及防钻进了人心。

平白地，孟新堂手腕一晃，茶水便洒到了方桌上，湿淋淋地盖了一大片。慌乱间，他伸出后三根手指，抵在矮胖的铜壶身上，铜壶不隔热，孟新堂冷不防就被烫了手。

三十好几的人，倒茶烫了手，他可真有出息。

拐着弯儿的调子还扬在空气中，勾得他的心尖不住地颤，心神分不出半分给那几根有些疼的手指头。

他敛眉沉吟片刻，将茶壶撂下，起了身，没顾得上清理那一摊水渍。

循音问人，大概是古时戏文里才常出现的桥段。

走向侧门的途中，那曲子变了调，原本是一个音出来，拖着个缠绵啼啭的尾巴，这会儿却变成了密密切切的弹拨声，均匀绵长，不知是用的什么指法。

起承转合间，孟新堂的步子停在了侧门前。有光透过缝隙漏进来，携着影影绰绰的几道身影。曲子又恢复了初起时的勾人调子，孟新堂终于抬手，掀开了面前最后一道阻碍。

竹帘被翻起，惊走了台阶上几只啄着石子的鸟儿。

圆桌石凳周围，是几个头发花白的老人，或坐或站，此外，格外打眼的，还有一个抱着琵琶的青年。他穿了条灰色的运动短裤，上身搭一件白色的长T恤，没有任何花色，但映上了两片好看的树荫。一把红木琵琶竖在他怀里,从孟新堂的角度看去,只得侧影。

曲子行至激昂处,青年的手拂得飞快,琴弦已颤成了一个虚影。

直至最后一个音落下,千回百转的曲子消了,孟新堂才如大梦初醒般,回了神。胸腔里倏然空落,直到听到几声叫好,他才重新感受到心脏的跳动。

"琴是好琴,放心,没买亏。"

青年说着,起身将怀里的琵琶递给了站在一旁的女孩。他这一侧身,孟新堂便连侧影都瞧不见了,唯能看见挺拔的脊背、端正的肩线。

那女孩同他说了两句,便抱着琴坐在一边,一副观赏的样子。青年从石桌上抱起了另一把琵琶,看起来比方才那把更漂亮些。他复又坐下,拨了两下弦。各种民乐也纷纷奏了起来,旁边一道声音响起,和着他们的调子,唱了两句戏词。

这戏孟新堂自然是没听过,他也没顾上听,满眼都是那个弹着琵琶伴奏的人。

一段落,孟新堂听见那抱着琵琶的人大笑了两声,冲站在中央唱戏的老头儿喊:"老顾,你还不如换个词唱。"

别的人搭着话,你一言我一语,来来往往了不少回合,最后不知是谁说:"来吧来吧,你来两句。"

只见那青年偏头一笑,左手便摁上了琴弦。

这一次,独独有琵琶声响了起来,不远处的人摆了摆脑袋,操着清丽的戏腔唱了两句。

这回孟新堂倒是听清了的。

"放他三千裘马去,不寄俗生,唯贪我三枕黄粱梦。"

他笑意未消,眉梢尽是洒脱的不羁。

一切的热烈来得突然,明明是初夏,孟新堂却好似被光打了眼。

02

要在以前,有人跟孟新堂讲什么一见如故的话,他一定得回一句"胡扯"。

今天的戏该是告一段落了,那群花白着头发的人又吵吵闹闹地打趣了一会儿,就拎着小板凳、大薄褂散了场。青年却没动,将头抵在琵琶身上,伸长了腿坐着,看着懒洋洋的。

远处走来一个大爷,手里的核桃转得挺溜,遥遥地就听见他喊:"哟,小沈今天不上班啊?"

"昨晚值的大夜班,今天还是。"

"连着两天啊?"

"跟人换班。"

只听着他的声音,看着他倚着琵琶的侧影,孟新堂便已经迫切地想要知道这是怎样的一个人。

孟新堂朝前走了两步,离他更近了一些。砖铺的地面不大平稳,没留神脚下,踩在了一块挺大的石子上,好在走得慢,倒没至于晃了身形,孟新堂低头,一侧脚,将那块石子踢到了墙根底下。

约是石子滚动时骨碌碌的声音引起了青年的注意,他突然回头,朝着孟新堂看了过来。没防备，两人就有了第一次对视。

孟新堂一直想看看他的长相，可这会儿人家真的转过头，看过来了，孟新堂却又放错了注意力——第一眼入目的，竟是他的头发。因为转头的过程中被琵琶身蹭着额头，此刻他额前的碎发乱糟糟的，没规则地趴翘着。孟新堂这才发现，青年的头发原来是半干的。或许，他是值完夜班，刚回家洗过澡？

其实整体看上去，他还挺老成稳重的，但当他朝自己看过来时，孟新堂却被一股盖不住的少年气袭了眼睛，不知是不是和这半干的头发有关。

青年朝他轻轻微笑，点了一下头。

孟新堂予以同样的回礼。

孟新堂又迈了脚步，这次站到了他的身侧。

大概没想到孟新堂会过来，青年的眼中似是闪过了一瞬的讶异，但也很快就消失不见。他礼貌地站起身，依旧抱着琴。

"抱歉，冒昧打扰，"孟新堂笑着朝他点了一下头，"刚刚听见您弹的曲儿，觉得是真好听。"

这样与人搭话，孟新堂还是头一遭。话说完，他自己都觉得笨拙又无趣，糟糕得很。

"谢谢。"

对话就这么停在了这里，孟新堂抬手，推了推金属的眼镜框，眼都没眨一下就开始扯谎："是这样的，我妹妹一直嚷嚷着想学琵琶，我刚以为您是专业的老师，还想问您收不收学生来着。"

青年微偏了一下脑袋，眼中隐着玩味似的笑意，像是听了什么有趣又值得思考的话。

"刚刚以为？那现在呢，觉得我不专业了？"

青年不是个多严肃的人。

听出来这轻微的玩笑意味，孟新堂的笑容更开，露出了白白的牙齿。

"当然不是，不过您刚刚不是说值大夜班吗？"他的视线向下，落在青年过分好看的手上，"所以我猜，您或许是医生。"

或许还是外科的。

这回青年笑出了声音，还躬身将怀里的琴小心地放在了石桌上。他摇着脑袋笑道："您挺聪慧。"

一旁的一个大爷收好了二胡，跟青年打招呼："不走啊？我先走了啊。"

"哎，"青年回身，朝他招招手，"您先走。"

这回树下就只剩了他们两个人。

面对面了这么久，孟新堂才刚刚分出神来，留意眼前人的脸，倒不是多惊艳的长相，但干干净净、棱角分明，看着舒服，让人想接近。

"我的确是医生，琵琶只是个爱好，承蒙您喜欢。"

有那么一瞬间的犹豫，孟新堂抿了抿唇，终是诚实地说："很喜欢。"

青年抬眼，看了他一眼。这一眼时间不短，让孟新堂觉得这人已经将他看了个透。

"还不知道怎么称呼。"青年笑着说。

孟新堂这才想起来还没做自我介绍，自知失礼，多少有些尴尬，自嘲般轻笑了一声："您看我，都忘了自报家门。我的名字是孟新堂，新旧的新，庙堂的堂，若不介意的话，希望和您交个朋友。"

孟新堂伸出了手，定定地瞧着青年。

青年刚伸出手，却又马上改了路线。

"哎，忘了，我这还戴着义甲呢，抱歉。"

"没关系。"孟新堂看了一眼,半空中的手没动,"我的荣幸。"

青年便笑着握住了他的手。

孟新堂感受到了一点不同的触感,是缠着指甲的胶布。胶布的颜色接近肤色,质地看上去和医用胶布差不多,他第一次见,在青年收回手的时候没忍住多看了两眼。

"沈识檐,第一医院胸外科的医生。"

同样是自我介绍,但沈识檐比他的更详尽。孟新堂想了想,补充道:"我是个工程师,做的是……"

孟新堂介绍了自己的职业。

"好像……有点厉害。"

孟新堂摇摇头:"只是听着厉害。"

"这种工作不是谁都能做的。"

沈识檐边同孟新堂说着话边摘着义甲,孟新堂低头看着,看他灵巧地翻着手指将胶带解开,从大拇指开始,将义甲上的胶布抻平,叠在一起,最后又一对折,有胶的一面粘在一起,义甲便成了一小团。

"您是来喝茶的?"

"嗯,不过我不懂茶,朋友开的茶馆,过来叙叙旧。"

沈识檐笑了两声,为他的坦诚。

"这茶馆里的茶确实不错,要不是工作忙,我大概会天天泡在里面。"

他拎起旁边的琴袋,从前面的小兜里摸出一个小铁盒子,红色心形的,发出清脆的一声响,义甲便进了小盒子里。

他将小盒子重新装回去,百宝箱般,又摸出了一副圆形的金边眼镜。

在孟新堂有些诧异的目光中,他将眼镜架到了鼻梁上。头顶的树冠繁茂,漏下来的光很少,可恰巧有那么一缕,化成一个金色的光点,顺着他的眼镜框溜了一圈,停在圆形的最高处。

戴上眼镜的沈识檐斯文又不沉闷。孟新堂从没想过,他会同时用"少年"和"老成"形容一个人。

很奇妙,也很动人。

"新堂!吗呢?"

孟新堂刚要说话,却被这突然闯入的声音打断。他回身,看见魏启明正朝他走过来。

"欸?你们俩认识啊?"

"刚认识,"孟新堂从这话里听出了点别的信息,"怎么,你们认识?"

魏启明哈哈地笑:"我不是闲着没事总出来跟大爷们聊天嘛,他老混在一堆大爷里,一来二去就熟了。得,既然你们也认识了,一块坐会儿吧,正好该吃午饭了,我让他们弄点面条。"

孟新堂自然是十分乐意,连连应和了两声。

沈识檐也不扭捏,大大方方地说道:"成,我先把琴搁回家,再回来找你们。"

"得嘞。"

沈识檐拎着琴的背影消失在拐角,孟新堂还直勾勾地盯着那个方向。

"嘿,"魏启明碰了他一下,瞥一眼,"还看什么呢?"

孟新堂笑了笑,没说话。

魏启明招呼着他进去,孟新堂却说:"你先去,我抽支烟。"

"啧,我怎么看你现在抽得这么凶?你现在一天抽几根啊?"

孟新堂正好刚把烟盒掏出来,他用食指挑开盖子,亮给魏启明看:"昨天打开的。"

还剩三支。

魏启明噎了一下,颇为认真地问:"你不要命了,是不是?"

"忍不住啊。"孟新堂夹出一支烟,点了火,冲魏启明抬了抬下巴,"你先进去,我抽完进去。"

魏启明又"啧"了一声:"你可少抽点吧,现在看你抽烟我都害怕。"

"不至于。"孟新堂嗤笑。

反正劝也劝不住,魏启明也不管他了,又嘟囔两句便转了身。

孟新堂抽完一支烟,沈识檐还没回来。他把烟盒掀开、盖上,将这动作重复了好多遍以后,又夹出一支烟来。掂了掂已经空得只剩一支烟在左右摇摆的烟盒,孟新堂不得不承认,最近确实抽得凶了。

凶也没办法,他朝着高处吐了口烟气,眼前糊了一片。

"我看您好像挺爱抽烟的。"再回来的沈识檐,第一句话就是这个。

不同于回答魏启明时的随意,孟新堂这回停下来,用夹着烟的手轻抹了一下鼻子,解释道:"平时累了就抽,抽起来就停不下来了。"

他递出烟盒,问:"来一支吗?"

沈识檐的手插在短裤的口袋里,淡笑着摇头:"我对这个倒不热衷。"

孟新堂很快就将烟摁灭,半支烟就这么被投进了垃圾桶。

"嗯?"沈识檐觉得奇怪,"不抽了?"

"嗯,走吧。"

说完,孟新堂迈开步子走到沈识檐前面,到了门口,抬手掀开了竹帘等他进去。

大堂里,魏启明还坐在刚才的位置上,一个小伙儿在旁边站着,听他布置着菜。

桌上凉了的茶已经被撤走,不过许是因为生意太好,那摊水还未被擦掉。孟新堂本欲自己坐在那个位置，未料沈识檐已经先他一步，坐了下去。他忙请过堂的小哥拿块抹布过来。

"识檐，你要什么卤？"魏启明隔着桌子问。

"我不挑，都可以。"

"那就都来西红柿鸡蛋吧，再弄点炸酱。"

沈识檐忽然插嘴道："不过你这是个清茶馆吧，咱这么在这儿吃饭合适吗？"

魏启明笑得很不正经，还冲一旁的小哥使了个眼色。小哥微微颔首，从柜台那里拿了个立牌过来，戳在了桌子上。

"老板及朋友专享。"

沈识檐歪着身子看了一眼，立马笑出了声，连连点头："魏老板很厉害。"

孟新堂早就习惯了魏启明的无厘头，没空搭理他。他问沈识檐："识檐，是哪两个字？"

沈识檐侧头看向他，笑了笑，继而伸出一根手指，蘸了蘸被孟新堂洒在桌子上的那一小摊水。湿润的手指在桌子上起起落落，两个字便落了出来。

"识檐。"

让人看得发怔。

孟新堂只觉得这人一举一动都有别样的味道，连低眉垂眸落成这两个字的时候，都兀自成画。

03

孟新堂最近几乎天天来茶馆报到,比魏启明这个老板还勤快。魏启明越来越纳闷,这个人怎么就突然闲成这样了,跟失业了似的。他也是很不容易,追问了好几天才从孟新堂这张嘴里撬出句有点信息的话。

"有位前辈出了些事情,正在处理,所有人接受审查,短期内都不会再负责任何研究工作。"

"接受审查?"

魏启明听得惊愕,他知道孟新堂大概在研究什么,不过没想到还会有这种事。他犹豫了一会儿,探过头去小声问:"出什么事了?"

孟新堂抬头,透过镜片看了看他紧张兮兮的样子,重新低头看报纸。

"敏感事件,不说为妙。"

毕竟涉及机密,魏启明也就识趣地不再多问,只是追了一句:"那你没事吧?"

孟新堂摇摇头,拿起桌上的剪刀,"咔嚓"一下,落了第一剪。

"我已经被审查完了,等着接下来的安排。"

"得,"魏启明缩回了肩膀,喝了口茶,"别的我也不懂,你没事就行。"他又偏了偏头,看着对方手里那不可思议的东西,撇了撇嘴问道,"大哥,现在都什么时代了,剪报这种事,是我爷爷那一辈儿的爱好好吗?"

孟新堂轻笑一声,挑了他一眼:"那还不快点叫人?"

"滚滚滚。"

读完今天的报纸,将想要留存的内容都工工整整地贴在了自己的剪报本子上,孟新堂才舒了口气,整理好桌子上的物件。他抬头看了看外面的日头,估摸了一下时间,便要离开。魏启明留他吃饭,孟新堂拒了。

"新初要过来,回去给她做饭。"

孟新堂拿好东西往外走,下了楼,不由自主地往侧门瞥了一眼。那天的一顿饭相谈甚欢,但他连着来了这么多天,都没再碰见沈识檐。

将剪报本换了只手拿,他抬腿朝侧门走过去。倒也没抱太大希望,只不过是想着碰碰运气,可大概真的是有缘,偏该相逢,掀开帘子,孟新堂竟然真的看见了沈识檐。

这回外头没人唱戏,沈识檐一个人蹲在墙根那条窄窄的阴凉儿里,手里夹着一支烟。他眯着眼睛,目光飘在远处的砖檐屋瓦上,身上的衣服有些皱,人也不太精神的样子。

孟新堂立马叫了沈识檐一声,沈识檐转头看过来,逆着光看向他。他便朝沈识檐走去。

"刚下班吗?"

"嗯。"沈识檐笑了笑,食指微动,弹了弹烟灰。

"你看上去很累。"

离近了,他脸上的倦意便更加明显,眼底有红血丝,黑眼圈已经跟眼一般大,嘴边有隐隐的青印,是刚冒头的胡子根,手里的烟送到嘴里，干燥暴皮的嘴唇抿在烟头上，引得那支烟微微一颤。

"昨晚有两个病人情况都不好，半夜还送来一个出车祸病危的，一晚上没歇脚。"

大概真的是累惨了，沈识檐在同他说话的时候，甚至没有站起来，就这么仰着脑袋，有些费劲地看着他。于是孟新堂蹲在了他旁边，两个大男人并排着蜷成一团，情景有几分说不出的滑稽与可爱。

"那还是赶紧回家睡一觉，歇歇。"

沈识檐点了点头，笑着朝他扬了扬手里的烟："抽完就回。"

孟新堂垂眼，看向他的指尖。

手依然是那只手，可第二次见面，沈识檐给他的感觉又有些不同。

"我还以为……你并不抽烟。"

沈识檐一愣，想起了什么，然后笑了两声。

"不能说完全不抽，只是比较克制，养生保健，"夹着烟的手举起了一根手指，在空中摇晃的时候烟头都在晃，"我一个月只抽一支。"

孟新堂挑眉看去，难以置信地重复："一个月一支？"

"嗯。"沈识檐又吸了一口，歪头，朝另一侧吐了烟。再转过头来，他瞄见了孟新堂手里的东西。

一个本子、一沓缺了版块的报纸，还有一把剪刀和一支胶棒。

他好奇地歪了歪脖子，往孟新堂那边凑了凑脑袋，问："这是什么？"

孟新堂看了眼手里："哦，剪报。"

他将那个本子递给沈识檐，淡笑着解释："比较古老的爱好。"

沈识檐却好像很有兴趣，立刻问可不可以看一看。

得到应允，他改成用无名指和小指夹着烟，才接过本子放到腿上，捏着页角小心地翻看。孟新堂将他的小动作看在眼里，不由得将视线移到他认真的脸上。

孟新堂的剪报,每一页的页眉都有时间、报纸名称,在报纸的下面还会有详细的批注或见解。沈识檐看了两页,觉得很是有趣。

"现在很少有人弄这个了,是你的习惯吗?"

"嗯,从中学开始,最初是我父亲的要求,后来就一直保持了下来。"

看着一天不落的日子,还有那些想法独到的文字,沈识檐忽然意识到,这个才第二次见面的人,应该比他想的还要优秀。

见沈识檐好像挺喜欢,孟新堂提议:"你喜欢的话,可以拿去看。"

沈识檐听了,立马抬起头,摇着脑袋拒绝:"我看你每天都会做,我拿走了你就没办法做了。"

"不打紧,"孟新堂掀了两页,指着日期栏说,"你看,这几天就合在了一起。"

"算了,"沈识檐研究了研究,却还是摇头,"这样,不介意的话,你可以把以前的剪报本给我看看。"

孟新堂应下来,想着下次就给他带过来,如果碰不见他的话,就先放在魏启明那里。

一支烟很快就燃尽,沈识檐摁灭了烟,起身去扔到垃圾桶里。

"要回去了吗?"

沈识檐"嗯"了一声,还有鼻音伴着。他答应完却也不动,孟新堂见他挑了挑眉,忽地将手插到了兜里,静静地立在那里。

"不走吗?"孟新堂觉得有些奇怪。

沈识檐轻咳了一声,要笑不笑的样子。

"腿麻了。"

沈识檐说这话的时候,脸上的神情没有半分的不自在和尴尬,倒是一直在笑,坦荡得很。

孟新堂被他逗得也笑了，走过去，看着他弯着的眼睛问："你这是蹲了多久？"

显然，一支烟的工夫，他不至于腿麻到走不了路。

沈识檐抬手看了看手腕上的手表，歪了歪脑袋，似是在思索。

"好像……半个小时？"

"那也难为你了，"孟新堂低低地笑了出来，"我扶你？"

沈识檐摆摆手："不用，站会儿就好了。"

走不了，两人就接着站着，太阳更烈了。

"哦，对了，那天吃饭的时候你说要给你妹妹买琴，我这周六休息，需要的话我可以陪你一起去。"沈识檐忽然说。

孟新堂愣了愣，才想起来那天吃饭时说过的谎话。他在心里叹了口气，又有些庆幸。

"哦，好，我最近都很空，那周六你帮我挑挑。"

沈识檐点了点头："要是妹妹有空的话，可以带她一起来，我一直觉得挑琴也要讲眼缘。"

想到孟新初，孟新堂突然有些心虚，也不知道到时候真买了把琵琶，要怎么解释。虽心里想着，但他还是挺镇定地回道："好，我问问她。"

又聊了两句，觉得腿脚恢复得差不多了，沈识檐便跺了跺脚，还原地蹦了几下。他看了看时间，说着"不早了"，邀请孟新堂去他家里吃顿午饭。

孟新堂心头一动，知道这是个能拉近距离的好机会，可想了想家里的孟新初，还是很遗憾地摇了摇头。

"今天怕是不行了，我妹妹回家，我得回去给她做点饭。"

"你会做饭？"沈识檐的语气中带着惊讶。

孟新堂不答反问:"怎么,我不像?"

这回沈识檐后退了一步,很正经地看了他一圈,摇头:"不太像。"

一个研究军工武器,业余爱好是剪报的人,他很难将其与厨房挂上钩。

"我父母工作忙,所以有很长一段时间,都是我在照顾我妹妹,也就把厨艺练出来了。"孟新堂笑着偏头,轻推眼镜,"做得还凑合,以后有机会的话,可以做给你尝尝。"

"那我可得期待期待了。"

临别,两个人约好周六上午9点见面,孟新堂过来接沈识檐。

孟新堂回了家,孟新初已经盘腿坐在沙发上吃零食。看了一眼那袋膨化食品,孟新堂有些不可思议地问她:"你不是在为了拍婚纱照减肥吗?"

孟新初扔了一块在嘴里,边使劲儿嚼着边愤愤地说:"不拍了!不结了!"

得,这是又吵架了。他这个妹妹和准妹夫,不能说三天一小吵两天一大吵吧,但也是时不时要上演一场三观辩论赛的。在孟新堂看来那都不是什么大事,他也实在不明白他们在吵什么。

"你说说,我就看见我同学发的他们几个人一起吃饭的照片,说了句我哪个哪个同学越来越帅了,他就来劲了。你说这人怎么就这么小气?这有什么好生气的啊?我天天嚷嚷我男神帅呢,他怎么不天天气啊?"

正切着菜的孟新堂被自己的妹妹追着碎碎念,他把案板上的菜扒拉到一边,抬眼问:"你问我啊?"

孟新初噎了一下,无奈地咽了嘴里的东西,靠在橱柜上叹气:

"也是，你一个单身老男人，哪知道这些。"

"还想不想吃饭？"孟新堂平静地威胁。

孟新初"哎"了一声："吃吃吃，但是这是事实啊。"

她捅了捅孟新堂的腰，孟新堂痒得躲了一下，警告道："别闹。"

"哥，我之前还想，这你还没结婚呢，我就要先结婚了，你这心里会不会不舒服啊？你实话跟我说，你这一把屎一把尿地把我拉扯大，你要不舒服我就跟那个小气男说不结了。"

孟新堂只觉得荒唐又奇怪："我不舒服什么？"

"落寞啊，尴尬啊，恐慌啊，虽说男人四十一枝花吧，但你这花自打跟萧枝姐开过一回以后，就再没长过骨朵，你都快成铁树了。"

孟新堂觉得这种没有营养的辩论毫无意义且浪费生命，直接把孟新初轰走了。

四周终于又安静下来，孟新堂重新开始收拾菜的时候，眼前就出现了沈识檐今天蹲在那儿抽烟的样子。他停下动作，看着窗户外面晴朗的天空发了会儿呆。

04

沈识檐领孟新堂去的琴行在一条街巷深处,是由繁转静、人迹渐消的地方。门脸儿被大榕树掩着,黑底金字的木刻牌匾只露出了个小角,看着着实隐蔽。

刚下车,扶着车门的沈识檐便就着阳光打了个哈欠。

"昨晚没睡好吗?"孟新堂觉得有些奇怪,这一路上光是孟新堂看见的,他就已经打了三个哈欠。可前一天晚上他明明同沈识檐联系过,确定沈识檐并没有临时的工作,还特意说了句"早些睡"。

"睡晚了,我可能得到4点了才睡。"沈识檐拍了拍嘴巴,让自己清醒一些,"前段时间攒了不少电影,昨晚没收住,都看了。"

他们出来得还算早,光没有很强,却刚好将沈识檐的脸照得清晰。孟新堂收回目光,开玩笑道:"这可不像一个养生的人会做的事情。"

这回是沈识檐走在了前面,他拉开大门站定,另一只手顶开眼镜,揉了揉微红的眼睛,说出口的回答简洁又独断。

"偶尔放肆,无伤大雅。"

这话的个人风格太明显,听得孟新堂发出一声笑。

琴行的老板意外地年轻,穿着运动衫,戴着棒球帽,在孟新堂看来，像是一个没毕业的大学生，而且并不像个跟民乐有关的人。他正坐在柜台后听着歌，见他们进来，立马抬了抬下巴，打了声招呼。

"师兄早啊。"

"早，"沈识檐侧了身，摊开手掌，礼貌地向他介绍孟新堂，"这是我朋友，来给他妹妹挑琴。"

男生了然，起身走了出来："您好，我是许言午。"

两人握了手，又寒暄了几句。

"既然是当作爱好，又是初学者，我不建议买太贵的琴，"沈识檐指了一把，"这个就可以。"

许言午将那把样琴拿过来，又从柜台上取了义甲。

"红木清水琵琶，很多人的第二把琴，比一般的练习琴好听很多，弹着玩很够用了，可以说是一把到位。您可以感觉一下。"

手上突然被放上了一把琴，孟新堂托着这从没摸过的东西，都不知道应该将它放成一个什么角度，忽生出一种"误入藕花深处"的感觉。他淡笑着看向沈识檐，发现对方也在偷笑。

"你来试试？"

"好，你听一听。"

许言午递上义甲，沈识檐一片一片地揭下来，慢慢贴在手指上。这是孟新堂第一次见他贴义甲，他动作不算快，但非常流畅，三两句闲谈的工夫，便已经贴好了那五片。

"想听什么？"沈识檐坐好，抱着琴问。

几乎是想都没想，孟新堂便说："第一次见面，你弹的那首曲子。"

沈识檐略思考了几秒，微仰起头："给小姑娘试琴的时候？"

"嗯，那是什么曲子？"

"《彝族舞曲》。"沈识檐说着，用右手依次划过四根琴弦，发出分隔的四个音。接着，他抬起左手，握住琴轴，大拇指抵在槽里，边拨弦边转动琴轴，孟新堂听到几个拐了弯的音。很快，沈识檐调好了四根弦的音："要听整首吗？"

"荣幸至极。"孟新堂笑说。

许言午也靠在一旁，静静地等着沈识檐的演奏。

上次听这曲子是在宽敞的室外，掺着风声鸟叫，偶尔传来音语，而这次是在封闭的屋子里，环境安静不说，还如同带了天然混响，孟新堂觉出同样的心动，且更加震撼，是真真正正的余音绕梁。

一曲毕，先开口的却是一旁的许言午。

"师兄还是这么厉害。"

沈识檐笑了两声，看向他："大师，你这是笑我呢？"

他见孟新堂迟迟没言语，便转头看过去。对上他直勾勾的目光时，沈识檐心跳忽然没来由地一顿，像是漏跳了一拍。

孟新堂看过来的眼神，是他从没见过的，十分专注，眼底似有柔情千万，却不带旖旎，皆为赞赏。

他又拨了一下琴弦，镇定下来才问："好听吗？"

孟新堂这才回过神来，"哦"了一声，答道："非常好听。"

最后自然是敲定了琴，许言午说自己这儿正好还有一把新琴，问孟新堂是要已经有的这把还是等制作。

孟新堂不懂这些，便询问沈识檐的意见。

"按照我的习惯会等制作，不过都一样，拿现琴也没问题。"沈识檐说。

许言午打趣："我师兄可是宁可两个月没琴弹都要等新做的琴。"

"哦？为什么？"

沈识檐瞥了窃笑的许言午一眼，又看着孟新堂一本正经地解释道:"这样我就会有一种,从这把琴出生开始就和它在一起的感觉。"

挺"童话"的想法。孟新堂咂摸一会儿,品出了些浪漫的情怀。

他也决定等,和许言午约好一个月后来取琴。

孟新堂付钱的时候,沈识檐就在店里随意转悠。他走过去拨弄了两下那复古的唱片机,左看右看地欣赏着:"新买的啊?"

"就上次我跟你说的,找朋友定做的那个。"

"哦,"沈识檐拉着长音应道,"你别说,这定做的确实不一样,这花纹多讲究。"

许言午很快就说:"师兄喜欢的话赶明儿给你也弄一个。"

"你可算了,"沈识檐忙笑着打住,"挺贵的东西,我就算真弄一个也是盛灰的,还是摁个播放键方便。"

正在开票的许言午手上一顿,笔珠在纸上戳出了一个小圆点。但他一直低垂着头,孟新堂看不清他的神情。

出了门,上了车,孟新堂问:"许先生叫你师兄,他也是学琵琶的?"

"言午是专业的,"沈识檐系上安全带,点了点头,"他是我母亲的关门大弟子。"

怪不得。

虽然已经有了猜测,但孟新堂还是觉得很神奇。比起沈识檐,许言午非常不像一个会喜欢弹琵琶的人。沈识檐一举一动都是优雅随性的,更确切地说,是优雅中透着随性。而许言午似乎只有"随性"二字,更像是一个喜欢听带鼓点的音乐、打电子游戏的小青年,热血轻狂的那种。

这么想着,孟新堂轻笑着摇了摇头。大概真的是物以类聚,或许沈识檐周围的人,都活得有趣又鲜明。

沈识檐看出了他的想法，问道："看着他不像？"

"是不太像。"

沈识檐将头向后一枕，舒服地靠在座椅上。

"这小孩儿小时候皮得很，从小就不服教，我记得他八九岁的时候，就跟大他好几岁的学生干架，两个鼻孔都哗哗地流着血还骑人家身上狠命地揍人家，最后他爸妈没办法，给他硬扔到了我家。"沈识檐看了一眼琴行的牌匾，眨了眨眼睛，"我到现在都记得他刚开始跟着我母亲练琴时的样子，明明不情愿，还假装特别喜欢。"

"为什么？"

沈识檐收回目光，弯了弯嘴角。

"他比较喜欢我母亲，小时候总蓄谋要进我们家给我当弟弟。"

由于比较清冷的性子，孟新堂平日不大会主动关心别人的情绪，但并不算是个粗枝大叶的人，当愿意去观察一个人的时候，能看得很细致。此时，他就敏感地觉察到，沈识檐在提起"母亲"时，突然沉静下来的情绪。

心中有不好的猜测，但他没有贸然询问。

突然响起来的手机铃声打破了寂静，孟新堂说了句"稍等"，接起了电话。

沈识檐安静地坐在一旁等着，因为车里没有别的声音，外面也足够安静，隐隐约约，他听见了听筒中传来的声音。他皱了皱眉，向孟新堂看去。

电话那头是一个女孩，在边说话边哭。

孟新堂的脸色已经很明显地不太好，他皱着眉头，握着方向盘的手收得越来越紧。

"别哭了，我现在过去接你。"

车里重新回归了安静，孟新堂转过头来，对他说："抱歉，出了一点事，我现在要去接一个女孩。"

沈识檐知道一定是有什么很麻烦的事情，才会让孟新堂临时改变原本的计划。他赶紧点点头，说道："没关系，着急的话把我放在前面的地铁口就可以了。"

孟新堂抿了抿唇，叹了一声气。

车子转弯的时候，孟新堂却忽然又改变了主意。

"如果你没什么事，也不觉得麻烦的话，我们照样可以一起吃饭，不过或许要加入一个需要被开导的小姑娘。"孟新堂顿了顿，"老实说，我猜她现在情绪会很糟糕，我不擅长安慰人，也想向你寻求一些帮助。"

沈识檐似乎犹豫了一会儿，说道："其实我也没什么经验。可以问问是因为什么吗？"

遇上一个红灯，孟新堂停下了车。

"你也知道，这阵子我一直在休假。其实并不是什么自愿休假，我参与的一个项目，一位掌握很多情况的前辈在半个月前失踪了，一直都没有找到。他的密级很高，如今失踪，基本只有两种情况。一是已经被挟持出境，生死不会再明；二是……"

前方的指示灯变绿，孟新堂开车向前走，在短暂的停顿之后继续说："叛逃。"

这两个字出来的时候，沈识檐的心头一紧。

"无论是哪一种，都已经不可挽回。"

这是沈识檐从没接触过的问题领域，他从没有在和平年代思考过挟持、叛逃这样的事情。

"他今年已经六十五岁，无论是专业技能还是人品，都值得钦佩，没有人相信他会叛逃。可是各方的追查都没有任何线索。刚刚打电话的女孩是他唯一正儿八经收的学生,之前的一段时间她一直在进行封闭作业,今天刚知道这事,又听到了一些关于处理结果的风声。"

沈识檐沉默片刻,用有些沉重的声音问:"什么风声?"

"事关重大,按照规定,只能按照最坏的情况来安排后续的工作。"

最坏的情况,那位前辈叛逃,有关机密已经泄露。

沈识檐闭了闭眼,这样的处理,真的是再残忍不过。

05

"只是风声。我们都希望结果不会是最坏的,前辈兢兢业业一辈子,贡献不知道有多少,不该在最后被扣上这样一顶帽子。"

接下来两个人谁也没再说话,孟新堂看沈识檐一直在愣神,询问他是不是不舒服。

"不是,"沈识檐摇摇头,"只是第一次听到这种事情,很震惊。我一直以为……起码我们算是和平的。"

孟新堂明白了,任谁突然得知这种事情,或许都会觉得有些不可思议。

"是和平的,"孟新堂点点头,"但是总会有些上不了台面的事情出现。"他转头看了看四周,指着一个卖衣服的店问,"这里,原来是个饭店,你记得吗?"

沈识檐稍倾身子看了看:"好像有一点印象。"

"当初被关停,是因为查到了间谍。"

沈识檐睁大了眼睛,难以置信地看着他。

孟新堂点了点头。

沈识檐盯着前方看了一会儿,突然说道:"我觉得,我以前的眼界还是太窄了。"

"怎么会？不要妄自菲薄。"孟新堂笑着摆了摆头，"我佩服的年轻人不多，你是第二个。"

闻言，沈识檐侧目："佩服我？"

要知道，不算通过手机进行的联系，他们不过是第三次见面。

"嗯。"孟新堂肯定地点头。

"佩服我什么？"

这回孟新堂却卖起了关子，神秘地笑笑说："以后跟你细说。"

"那第一个是谁？"

"马上要见的小姑娘。"

孟新堂告知沈识檐要去的地方有些远，时间充足，他可以先睡一觉。沈识檐说着"不用"，又问道："那个小姑娘，心情不好的时候忽然见到陌生人，会不会不自在？"

"这倒不会，"孟新堂的语气很笃定，"她是个小天才，今年才二十岁，思想上的年龄可能还要更小一些，但从不会因为这些事情不自在，你见了就知道了。"

"哦，"沈识檐还没见过天才。是天才，还是孟新堂佩服的人，这样一来他还真的有点想见他口中的这个小姑娘。

车子已经驶到了五环外，逐渐地，路开始有起伏。沈识檐一个地地道道的北京人，竟然都没来过这边。车子拐进了一条相对宽阔的道路，孟新堂放慢了车速，边开车边左右寻着人。沈识檐跟他一起看着窗外，直到看到了一个坐在路边砖沿上的女孩，沈识檐指了指那个方向："是不是那个？"

那是一个短头发的女孩，瘦瘦小小的，穿着格子上衣，浅色长裤，正抱着个小书包坐在那儿哭，旁边还蹲着个男人，不停地给她递着纸。

"嗯，是。"孟新堂说着便靠边停了车。

"小小。"

孟新堂下车以后喊了一声。

那边的两个人听到声音同时抬头看了他们一眼，小姑娘又低下头接着哭。

孟新堂和沈识檐走过去，原本蹲在地上的男人站了起来，朝他们露出无奈的笑。

已经是很热的天气，面前的男人却依然穿着长袖的白衬衫，扣子系到了最上面一颗，显得很庄重。不过估计在外面待一段时间了，他的肩膀和胸前都已经有了汗印。

"您好，"孟新堂先开了口，"请问您是？"

"您好，我是……"男人看了一眼小姑娘，"我是来这里做交流的，这位姑娘好像是我的联系人，但是我刚刚见到她，她就开始哭。"

"啊，"孟新堂懂了，连忙说，"抱歉抱歉，我也是这里的职工，您的交流会是在几点？"

"1点钟，还来得及。"

那小姑娘却一边哭一边仰着头断断续续地说："可是您……您还没……吃饭呢……"

孟新堂都有点想笑了，难为她现在还记得这事，可是到底是谁害得人家没吃饭啊。

"实在抱歉，这样，我马上联系一个同事过来，让他带您赶紧去食堂吃个饭，我们食堂的饭还可以，也凉快，最重要的是顺路，不会耽误时间。"

对于在哪里吃饭，那人显然并不在意，点了点头，礼貌地说：

"好,麻烦了。"

说罢,他又看了一眼旁边的小姑娘。

孟新堂开始打电话,交代了两句以后忽然想起忘记了什么,赶紧问:"抱歉,还没问您怎么称呼。"

"沈习徽。"男人将手中的文件袋收了收,伸出一只手。

也姓沈?一直在旁边听着的沈识檐不由得多看了他一眼。

孟新堂知道这个名字,立刻恍然大悟道:"久仰大名。"

很快就来人,带着沈习徽走了。

那小姑娘还没平静下来,孟新堂看了看旁边一兜用完了的纸,感叹这个沈习徽还真的是有耐心。

"好了,别哭了,哭也没有用。"

沈识檐被孟新堂这话吓到了,目光一下子扫向了他。果然,孟新堂话音刚落,小姑娘哭得更大声了。孟新堂不明所以,迎上他的目光。

看来刚才孟新堂说他自己不会安慰人,还真不是乱说的。

沈识檐也来不及自我介绍,赶紧又递了两张纸给她,哄道:"先上车吧,外面太热了。"

说起来,孟新堂还是第一次看见这姑娘哭,还一哭就哭得这么凶。他坐在前座和沈识檐面面相觑,一点办法都没有。

沈识檐摁了几下播放器,挑了一首既不伤感也不会过分欢快的轻松歌曲。

过了一会儿,或许是哭累了,小姑娘终于平静了下来。她也不理孟新堂他们,就一言不发地自己抱着书包看着窗户外面。

沈识檐看了看后视镜,孟新堂冲他轻微地摇了摇头,示意他不必太担心。这姑娘年纪虽小,在一些方面的思想也不成熟,但她是为数不多能让孟新堂用"心志坚定"来形容的人,认定了目标,经历再大的风浪都不会想要停下。这种心态放到江沿小身上，也可以说成是单纯，一种不可多得、难能可贵的单纯。

沈识檐也在想着这件事，他挺惊讶，这小姑娘竟然什么都没说，就自己在那里调整情绪。

正想着，后面的人突然发了声，带着浓浓的鼻音，嗓子也抖着。

"叔叔，我想吃甜点。"

沈识檐险些怀疑自己幻听了，他扭头朝后面看了看，确定她没有在打电话。

"好，想吃哪家？"孟新堂沉静地回应。

"都可以。"

"哦，忘了跟你说，"迎上沈识檐充满讶异的目光，孟新堂解释道，"她的爷爷和我的母亲是好友，她的父亲是我母亲的学生，所以严格来说，我们两个差了一辈。"

这会儿了，孟新堂才得了机会介绍沈识檐。

"她叫江沿小，很出色的小丫头。小小，这是沈识檐沈叔叔，我的朋友。"

江沿小朝前欠身："沈叔叔好。"

"你好……"

沈识檐还是觉得有些别扭，倒不是没被叫过叔叔，只是看见这么大一个"后辈"，突然就怀疑自己是真老了。可他掐指一算，自己明明才三十岁。

研究院的附近荒得很，孟新堂他们开出了老远，才找到一家甜品店。

江沿小站在柜台前点餐，几乎照着菜单念了个遍，通红的眼睛和嗡嗡的说话声把售货员吓得都轻声细语了一些。本来孟新堂还在研究哪个可能比较好吃，好点给沈识檐吃，瞧这架势，也用不着他研究了。

三个人愣是坐了张六人桌才把那堆甜品放下。

开始的时候，沈识檐和孟新堂坐在一边，看着江沿小吃。她吃到第六盘的时候，沈识檐赶紧随便拿了一盘到自己面前，还给孟新堂挪了一盘。

"快吃。"

这姑娘再这么吃下去，非得进医院。

孟新堂有点为难地瞅了一眼眼皮底下的柠果千层，凑到沈识檐的脸边小声说："精确地说，我七岁以后就没吃甜品了。"

沈识檐刚挖了一大口奥利奥班戟放到嘴里，嘴角沾上了一点点黑色的细腻粉末。孟新堂垂眼瞥见，伸手去抽了张纸递给他。

"虽然总吃甜品对身体不好，但总不吃也不好。"

孟新堂一愣，问："有这说法？"

作为一个医生，沈识檐应该还是具有权威性的。

他斟酌了一会儿，说道："对一部分人不好，比如我，总不吃会影响心情。"

要不是桌上的气氛太悲壮，孟新堂或许真的会笑出来。

他此刻觉得，沈识檐这个人矛盾得理直气壮，还有点可爱。

他眼睁睁地看着江沿小和沈识檐飞速地扫清了面前满满一桌的东西，完事后沈识檐还问江沿小："吃饱了吗？"

江沿小摇头："还想喝东西。"

沈识檐二话不说，起身就要去给她点，孟新堂连忙跟着站起来，想着怎么也得自己付款。结果沈识檐直接一把将他压下，说："你不知道点什么。"

全程，江沿小都没有再提老师的事情，只在"战斗"快结束的时候忽然抬头看向了孟新堂。

"我明天开始要去别的所一段时间了，总儿给我安排了新的任务。"

孟新堂顿了顿，有些不赞同地皱起了眉头。没容他说话，江沿小就接着说："叔叔你放心，我没事，而且你也知道，我闲不下来。老师的事……我明白，咱们都改变不了什么，但起码大家都是相信老师的。"

她接过沈识檐递过来的纸巾，擦了擦手。

"不管怎么样，他们想做的事情，我会帮他们做完的。"

她的眼睛里没有愤然，也没有决绝，有的只是坚定和光亮。

其实在短短的见面时间里，沈识檐已经承认了江沿小的优秀，即使抛开智商，她也是优秀的。可直至听到这句话，看到她此时的神情，沈识檐才真正明白这孩子让人钦佩的地方在哪里——这话不是她受到刺激后立下的豪言壮语，而仅仅是她一句普通的表达。

在将江沿小送回去的路上，沈识檐还觉得这一顿腻到不行的甜点吃得很值。

江沿小接了个电话，是沈习徽打来的。孟新堂听到她道了歉，还应了几句别的。等她挂了电话，孟新堂还狠着心说了她两句，告诫她下次可不要不管不顾地把别人扔在那里。

意外地，沈识檐竟然睡着了。孟新堂将江沿小送到家门口，看着她进了单元门才掉头出小区。沈识檐一直没醒，他就开着车在城区兜圈。

转悠了一会儿再看看表，他发现已经是下午3点半了。路过一家饭馆的时候，空空的肚子叫了两声，孟新堂这才猛地想起来，他们根本没有吃午饭。

拉着人家奔波了一天，居然还没管饭，这是孟新堂从未有过的失误。他将视线移到沈识檐的脸上，苦笑着摇了摇头，这怎么越上心越错呢？

又过了约一刻钟的时间，沈识檐才慢慢睁开了眼睛。他似乎反应了一会儿，清了清嗓子，说了声"抱歉"，接着就询问了江沿小的去向。

孟新堂已经将车子停下，笑着看沈识檐，自我挖苦般说道："我真是有点儿差劲，太对不起你了，都忘了还没带你吃饭。"

沈识檐也笑了，揉了揉脸，坐直了身子。

"没事儿，我也忘了。不过我吃了一肚子甜点，倒是不饿，你呢？"沈识檐调侃，"你几乎什么都没吃，不饿？"

"我真的是没觉得饿。"孟新堂又想起刚才他陪着江沿小一盘一盘吃甜点的样子，忍不住笑道，"你吃那么多不会不舒服吗？"

沈识檐摸了摸肚子，回答得很诚实："有点儿腻，其实我吃到第三盘的时候就已经想吐了。"

孟新堂扶着方向盘笑开了："那你还吃？"

"总不能真的都让她吃了，而且小姑娘心情不好想发泄，有人陪着吃会事半功倍。"

孟新堂想了想，觉得倒是这么个理，只不过他从前并没有考虑过这种问题。他想沈识檐该是一个很懂别人心思的人，当然，包括懂女孩。

"在想什么？"见他忽然不说话了，沈识檐开口问道。

"我在想……你会找到一个很好的女孩共度一生。"

一个风度翩翩，又善解人意的男人，该是许多女孩儿倾慕的对象。

沈识檐刚摘下眼镜，拿了一张纸擦拭着，听见这话，只是抬头看了孟新堂一眼，笑了笑。

等他重新戴上眼镜，孟新堂已经又发动了车子，他才漫不经心地说："我想我找不到。"

"嗯？"孟新堂没理解。

沈识檐转过头，一动不动地看着他的眼睛。

"很可惜，我应该不会结婚，不会过上大部分人眼中所谓的'常规'生活。"

06

　　沈识檐的话到此为止,他没有再就这个话题继续说下去,也没有问孟新堂会不会觉得他奇怪。孟新堂还在为他的话发愣,沈识檐却已经很自然地朝孟新堂询问,是否可以换一首曲子。仿佛刚才发生的事情只是一个无足轻重的小插曲,话头赶到那儿了,他便随便提了提,就像提到桂花,沈识檐顺便说上一句自己喜欢桂花酒一般。

　　到了下个路口,孟新堂才终于体悟明白沈识檐那句随口之言的态度——这是我的生活,我的选择,它不是什么大事,也和别人无关。

　　车内有音乐流淌着,是一首孟新堂没有听过的英文歌曲,沈识檐跟着轻哼,节奏缓慢,悠扬流淌。

　　小胡同进不去车,孟新堂便将他的大越野车停在了路边。沈识檐下车以后,还顺手抚平了微皱的坐垫。他扶着车门,却没有要关上的意思。

　　"怎么了吗?"

　　沈识檐扶着车门,淡淡地笑:"取琴的时候可以叫上我,我顺便帮你选好义甲和书。"

　　"好。"孟新堂点点头,心道自然是要叫的。

简短的话音落下,两个人互相看着,不知怎的,都笑了出来。最后,是沈识檐先开了口:"还有,和你聊天,很舒服。"

话说完,沈识檐才关上车门,还站在车头前面向他挥了挥手。

孟新堂坐在车里没动,看着沈识檐不紧不慢地踱着步子走远,偶尔同过路的邻居打个招呼。接着,视野里的沈识檐忽然偏了路线,拐进胡同口的一家店。他偏着脑袋望了望,发现是家花店。

沈识檐这个时间买花吗?

孟新堂自己对着自己摇了摇头,这人真是让人看不透。

去取琴的那日依然是个周六,早上,沈识檐给孟新堂发消息,说是医院有事,昨晚没有回去,如果孟新堂方便的话,可以直接去医院接上他。

孟新堂驱车去了医院,院子里人很多,他转了半天才找到一个停车位。

在上楼的途中他给沈识檐打了个电话,想要确认他们见面的位置,但没有人接听。于是孟新堂自作主张摸去了他的办公室,没想到,刚从楼梯间拐出来,就听到了一阵纷乱的叫喊声。

在那堆人的中央,孟新堂一眼就看到了沈识檐。他没有穿白大褂,正被两男一女堵在那里推搡着,身后挡着一个红着眼的小护士。

"手术前你怎么不说要这么多钱?你们就是谋财害命!我看我爸本来不做这个手术就能好!"

一旁有医生和护士一直在试图隔开那几个人和沈识檐,一面说着"请您冷静点",一面解释着费用的问题。

"在手术前我说过了,后续治疗可能会花费较大,具体情况要看手术的实施情况和病人身体的恢复情况,"沈识檐抬起手,压了压一直皱着的眉间,"至于花费问题,都有明细,您觉得有问题可以去投诉我。"

说完,他回头对小护士说了句什么。小护士犹豫着看了看他,转身跑走了。

"哎,你这是什么态度?"女人尖厉的声音忽然响起,刺得孟新堂的耳朵都疼。

"我的态度很明确,治病救人。"沈识檐在这时掏出了手机,孟新堂看他的眉头皱得更紧了几分,握着手机便要冲开他们往外走。

那伙人却不让,两只手伸出来,推着沈识檐的胸膛逼停了他。那女人的声音更大,似要让整条楼道都听见:"你手术没做好,害得我们要花那么多钱,你还理直气壮了?"

因为她这句话,那两个男人好像也被点燃了什么炮仗捻子,其中一个男人竟使劲儿推了沈识檐一下,沈识檐没来得及反应,没站稳,后背狠狠地撞在了墙上。

"我告诉你,这事儿没完,这钱你必须给我赔!"男人的手还想往沈识檐身上招呼,却被一股很大的力道制住。

孟新堂站在沈识檐身前,手上猛地加了力气,将赤红着脸的男人推离了几步。他再回头看沈识檐,见沈识檐正揉着肩膀靠在墙上,有些发怔地看着他。

"没事吧?"

沈识檐摇了摇头,眉头依然没舒展开。

一直称霸舞台的人忽然被拂了面子,自是不干,那家人的气焰变得更嚣张,一个劲儿地喊着"医生还动手了",像完全不记得是谁先上了手一般。

孟新堂转回身,冷冷地说道:"不是医生,没这好脾气。"

身后的人忽然笑出了声,孟新堂瞧了他一眼,不明白他在笑什么。

好在这时终于有领导赶到,孟新堂听见周围的人喊了几声"主任",队伍中为首的医生迎上了那家人,身后还跟着几个年轻力壮的小伙子。有个同行的年长一些的医生过来,小声询问沈识檐是什么情况。

"不愿意出钱,该说的早都说过。当时做手术的时候,这家人就不愿意交钱,做完手术又嫌后续治疗花费太多,说是因为我手术没做好。"

孟新堂站在一旁听着沈识檐平静的陈述,目光始终停在他搭在肩膀的手上。沈识檐又轻揉了两下右肩,跟那医生说道:"您盯着点吧,实在不行让他们去告我。"

"别胡说。"

"哪儿胡说了?"沈识檐轻笑,"告就告呗,没准儿还能因为处理不好医患关系得两天反思假。"

"得了得了,因为钱的都不是大事。"那医生叹了口气,轻轻拍了拍他的胳膊,脸色不大好看,"你没事吧?"

沈识檐说:"不疼了。"

"谁问你疼不疼了?"面前的医生似是欲言又止,有些烦躁地摆了摆手,"算了。你肩膀又疼了?我说你也得自己小心点啊,别仗着恢复得好就真把自己当正常人了,别哪天把外科生涯断送在你这肩膀上。"

"哎,您别咒我啊,这种情况也不是我想小心就能小心的啊,"突然被说,沈识檐有点无奈,哭笑不得地看了看那医生,还扫了一眼孟新堂,"得,下次我跟他商量商量,让他动手之前先给个预告。"

"你商量什么!"医生立马骂道,"你跟他们瞎耗什么耗?躲了不完了吗?"

"这不,他们逮着小周了吗?"

"哦，那就非得你来英雄救美啊。"

沈识檐听到这儿，"哎哟"了一声，便举起双手，合十做求饶状："求您了，批评教育咱改天行不行，我这儿还有朋友等着呢。"

那医生这才正眼看了看孟新堂，打完招呼，便朝着沈识檐挥了挥手："去去去，走吧。"

沈识檐得了令，笑呵呵地又照应两句，拉着孟新堂走了。

到了车上，孟新堂隐隐感觉到沈识檐的心情依然不似平时那样轻松，其实他表现得并不算明显，照常听着音乐，闲聊着，但或许是因为涉及"情理之中"，致使他将身边人任何一点点的不寻常都放大化。在同孟新堂说话的时候，他两只手交叉在一起放在双腿上，后背也没有完全靠在座椅上，这是他从没见沈识檐露出过的姿势。

"这种情况平时也经常有吗？"

"不会，偶尔而已，哪有那么多不讲理的家属？"说着说着，沈识檐突然说，"我觉得有点闷，开会儿窗户。"

到了琴行，许言午还坐在老位置，百无聊赖的样子。他从储藏间将琴拎过来，还拿了个赠送的琴袋。

"再拿副义甲，成人义甲。"

"赛璐珞的？"

"嗯，"沈识檐溜达到柜台前面，点了点玻璃柜子，"反正是友情赠送，再来块松香。"

他回头告诉孟新堂："琴轴有时候会松，调音前带着弦拉出来蹭一点松香，收得紧。"

孟新堂点点头，表示知道了。他见沈识檐又抬手揉了肩膀两下，有些担忧地问："肩膀还疼吗？"

正在将义甲和松香装进袋子的许言午忽地看向沈识檐,问:"你肩膀疼?怎么了?"

"哦,没事,"沈识檐头都没抬,不怎么在意地说,"可能是累的。"

07

孟新堂下意识地看了沈识檐一眼。沈识檐依旧不动声色地站着,任凭许言午用狐疑的目光打量着自己。

"累的?"许言午看起来不大相信的样子,可他看孟新堂也没说什么,还在他看过去的时候朝自己点了点头,就没再继续盘查。

出了店门坐上车,孟新堂才问沈识檐为什么要撒谎。

"这小孩儿心思重,联想力还特别丰富,爱瞎想。"

沈识檐这么说,孟新堂又琢磨了琢磨,还是觉得不大对劲。临别时,他又不放心地叮嘱沈识檐,以后碰上这种医闹真的要躲着点,躲不掉也得保护好自己,别老老实实地站着不还手。沈识檐笑着应下来,说怎么他们一个个的都爱给他上课。

等开车走了一段,孟新堂心里突然咯噔一下,一拍脑门,想起来自己光顾着观察沈识檐的情绪,都没问他肩膀的旧伤是怎么来的。趁着堵车,他赶紧给沈识檐发了条消息。

沈识檐回得也快,也简单,说是以前不小心被砸的,已经没事了。

孟新初的婚礼将近,小两口不得不在吵架中抽出时间来忙婚礼的大事小事，简直一团乱麻。正好孟新堂最近没事，孟新初便像捡了个天上掉下来的大宝贝一般，天天拉着孟新堂跟着忙活。

"要什么字体？"

孟新初趴在茶几上，捏着孟新堂给她写的一纸字样，点了点孟新堂惯写的那种："这个就行。"

孟新堂扫了一眼，便提笔，写下了第一封喜帖。

"哥，你这小老头儿的爱好，终于在你妹妹这儿派上了用场，开心吗？"

孟新堂低头写得认真，很配合地回答："开心，又有点不开心。"

孟新初嘿嘿地笑了："舍不得我啊？"

看着郑重其事的孟新堂，孟新初想起来为这喜帖她还和她未来老公吵了一架。她坚持要全部手写，她老公却说这得写到什么时候，而且他们俩的字都这么丑，难道还花钱找人写？假装文艺，没有真情实感，想都别想，咱家不惯这毛病。

孟新初当时就给孟新堂拨了个电话，只说了两句话便把事情交代了，那边想都没想就应了下来。挂了电话，孟新初朝着旁边的男人一梗脖子："你不惯我哥惯，气死你。"

孟新初陪他写了一会儿，又声情并茂地赞扬了一番他"前无古人，后无来者"的字体，还拿手机给他拍了张照片留念，做完这些终于觉得无聊，跑到屋里去打游戏了。

孟新堂一个人坐在沙发上，一封一封地慢慢写着。等长长的名单过了一大半，他忽然看到了一个熟悉的名字。

这个名字太特别，让他连重名的可能性都没有考虑。

他盯着那个名字看了两秒，扬声喊了孟新初。

"什么事？哎呀，我刚要打排位。"孟新初小跑出来问。

孟新堂将笔抵在那个名字边框的下缘,问:"你认识他?"

孟新初弯腰看了一眼,立马说:"我同学啊,初中、高中我俩都是同学。"

说完觉得奇怪,她刚想问孟新堂难道也认识他,就看见他哥一脸恍然大悟的表情。

"也对,"孟新堂喃喃道,"你俩应该同岁。"

"嗯?你们认识啊?"

"嗯,"孟新堂点了点头,"偶然认识的。"

不知怎的,孟新初忽然来了劲,也不惦记着她的排位了,盘腿挨着孟新堂坐下来开始演讲。

"我跟你说,我这个同学,老牛了,我这辈子佩服的人,第一是咱爸,第二是咱妈,第三是你,第四……"孟新初抬起手,伸出食指敲了敲纸上的那个名字,"就是他。"

孟新堂愣了愣,垂眸,伸手打开了孟新初杵在"沈识檐"这几个字上的手指头。

你佩服就佩服,拿手杵人家干吗?

这幼稚的想法恐怕孟新堂细究起来自己都会觉得好笑,幸好孟新初沉浸在自己描述老同学的思路里,压根儿没注意到面前这个老男人的小心眼。

"哎,哥,你记不记得,2003年我参加高考,闹'非典'来着?"

孟新堂当然记得,那年是他送孟新初去参加的高考,小丫头还趴在他肩头哭了一通。那年考场的气氛格外凝重,考生们都戴着大口罩,进场之前都要量体温,比起其他年份,2003年的高考真的有些像战场。

"那年我同学里,本来想当医生的都没报,放榜的时候只有沈识檐,"孟新初一拍大腿,"以高分被录取到最好的医学院。这才是勇士,好不好!"

孟新初可能是说得太激烈,刚说了这么几句就嚷着"好渴",开始找水喝。因为这几句话,孟新堂突然觉得胸膛里有热热的东西涌动。他轻轻勾了勾嘴角,觉得这倒真像沈识檐会做出来的事情。坐在那儿想着,他却好像清晰地看到了那年的沈识檐坐在高考考场上,认认真真答题的样子。

"我记得那会儿我还问过他,怎么报了医学院。他说他爸爸就是医生,他觉得做医生很有意义,他喜欢,就报了。哦对了,我记得他爸爸好像是呼吸内科的,挺有名气的医生,还作为抗疫英雄被新闻报道过。但是后来……他爸爸去世了,听同学说没过多久他妈妈也去世了。"

"去世了?"

有那么一刹那,孟新堂竟有些不知所措。他艰难地接受着孟新初话里所包含的信息,却怎么也无法将父母双亡的经历与沈识檐对应上。他觉得沈识檐这样的人,起码会有一个很温馨、能汲取力量的家庭,他甚至猜测过沈识檐的父母会是怎样的人。无论怎样,他觉得沈识檐都不可能是一个"不幸"家庭里的孩子。他是真的没想到,沈识檐会是孤身一人在这世间。

不知不觉,他攥紧了手,犹豫片刻,还是打破了自己一贯的规则:"因为什么?"

"不知道,这么大的伤心事,谁也没问过、谁也没提过,就都假装不知道。当时听说的时候,我们都挺难过的。"孟新初屈起腿,叹了口气,"唉,世事无常。不过我真的挺佩服他的,我觉得父母出事的话,真的能对一个人打击特别大。我那个还挺要好的朋友,他妈妈生病去世以后,他整个人就像变了个人一样,也不爱说话了,对学习什么的也没什么热情了。但沈识檐不一样,我有时候会跟他聊天,后来也见过几面,倒没觉得他变了很多,要说变,就是变得比以前更牛了。"

孟新堂一言不发地听着,心里情绪翻腾,大脑却像死机了一样,只剩下初见时沈识檐的那一个侧影。

"哦,还有,"孟新初拍了拍孟新堂的大腿,"汶川地震他还去救灾来着,我们都不知道,还是后来听一个跟他关系挺好的男生说的,他去的就是震中,他是最先进去的那一批医护人员里的,好久都没联系到人。简直了,这就是英雄啊!"

说这话的时候,孟新初的眼里都闪着崇拜的光,比提起喜欢的男明星的时候还亮。最后她拉着孟新堂的手,下了结论:"反正我身边的人里,他绝对是我偶像,男神一般的存在。"

等孟新初走了,孟新堂还没缓过劲儿来。不过是听了关于沈识檐的这些描述,他似乎就已经能勾勒出沈识檐曾走过的路,曾经历过的痛,鲜活到让他呼吸困难。

他起身,给自己倒了一杯茶。有几滴茶水漏在外面,他用手指在水上点了点,鬼使神差地,写了一个名字。

好像在他写成这个名字的一瞬间,眼前的场景就和那日在茶馆时的重合了。

注视着那两个字慢慢变干,他心中有冲动,还有期待。

孟新堂将茶杯放到茶几上,重新坐下,摆正面前的请帖,又小心地将杯子推远了一些。刚要落笔,又顿住,笔尖悬着比画了两下,他皱着眉歪了歪脑袋,俯身,从抽屉里翻出两张稿纸。

笔尖摩擦着纸张,发出沙沙的声响。

等他终于觉得满意,正式写请帖了,两张稿纸上都已铺满了"沈识檐"三个字,细细密密,层层叠叠。

贰 赏花

——我想我需要一样足够珍贵的东西来支付赏花费，给我些时间。

——静候佳音。

08

那天傍晚，孟新堂给沈识檐去了个电话，想问问他的肩膀是不是完全恢复了。电话接通的时候，夕阳刚好落满窗。

沈识檐那里听着很吵，有不止一个人的说话声。孟新堂将手机贴近了一些，问："你在干什么？"

"陪老顾挑花，哦，就是第一次见面时那个唱戏的老头儿。"

话刚说完，孟新堂就听见他嚷了一声。

"哎，别搬别搬，老顾你放下！我说多少次了，这花忒娇贵，连我都伺候不好，到时候别花没养好再把你折腾坏了。"

沈识檐的声音里难得有一丝不常见的气急败坏，有点着急，还有点无可奈何。孟新堂隐约听见有人回了几声，接着，沈识檐向他说了句"稍等"，又冲那人说道："你现在怎么有这么多理呢？"

孟新堂索性靠墙站着，将那边一声一声的争辩当解闷的段子听。又嚷嚷了好一阵，电话那头才终于算是暂时安静了下来。

"这个老顾眼馋我院子里的花，非要养，我说送他两盆他又不要，来挑花还净拣贵的、难养的，"为这件小事，沈识檐却向他抱怨了两句，末了还嘟囔着说，"老小孩。"

孟新堂笑了出来，宽慰道："老人都这样，其实也挺好玩的。"

沈识檐发出一声"嗯"，算作认同。孟新堂想了想又问："你院子里花很多吗？"

"很多，"沈识檐这回笑着说，"我有满满一院的四季。"

一句话，触动了孟新堂的眼睫。

他将目光投向窗外，去纠缠盛夏的晚霞。

"有空的话，可以来我这儿看花。"

孟新堂笑了一声，说："好。"

"不过我这花比外面的都美，而且轻易不给别人看，"沈识檐语中带着调笑，"你要来的话，得带点什么，当作赏花钱。"

孟新堂一挑眉："赏花钱？"

"嗯，好好琢磨琢磨带什么吧。"

孟新堂听了，低低地笑出了声音："好，我会好好想。"

他抬起手，轻叩了两下面前的玻璃窗，正敲在了绯红的那片云霞上。

"肩膀已经完全好了吗？"

"早就没事了，本来也不是什么大事。"

沈识檐说得轻松，孟新堂心想，或许他已经觉得自己啰唆又婆妈。可心中关切，孟新堂很难忍住。

"医院没有再出乱子吧？"

"没有，一切都很好。"

两人又随意聊了一会儿，挂断电话的时候，孟新堂的手机都已经升了几摄氏度的温。他摆弄着手机又在窗边站了片刻，收到了两条信息。

他打开微信，是沈识檐发来的两张图片，是满院的花。

孟新堂艳羡地来回翻看着那两张照片，不敢相信这是沈识檐的院子。方才听沈识檐说起,他还以为那"一院的四季"只是沈识檐口中一个浪漫的比喻,如今窥见了,识到了,才知道这说法毫不夸张。

一院子的光和花,仿佛盛下了整个夏天。

他沉思半晌,回了一条消息。

"我想我需要一样足够珍贵的东西来支付赏花费,给我些时间。"

沈识檐的回应平静悠长——"静候佳音"。

孟新堂放下电话刚要做饭,客厅的门就被打开了。他开始还以为是孟新初来了,再一晃眼,才看到是自己的母亲。

"妈?"孟新堂有些惊讶,"您怎么突然回来了?"

乔蔚五十多岁,不显老,也从不做与年龄不符的打扮,永远是一身一丝不苟的衬衫职业装,鬓角整齐地梳到耳后,干净简单,还带着威严。她站在门口微笑着应了一声,孟新堂连忙上前去,接过她手中的袋子。

"新初今天不过来吗?"

"这她没说,不过你回来的话,她一定会过来。"

"那你给她打个电话吧,下周就是婚礼了,该商量的事情我们今天晚上商量一下。"说完,乔蔚便走进卫生间去洗手。

孟新堂重新拎起电话晃悠了两步,在乔蔚出来的时候还没将电话拨出去。

乔蔚喝了口水,回身问:"不打吗?"

"还是您打吧,"孟新堂轻叹一声气,"您给她打的话,她会更高兴。"

很明显地,乔蔚的手停顿了一下,之后她放下水杯,从包里翻出了手机。

做饭的时候孟新堂一直在想,整个准备婚礼的过程中都没有爸爸妈妈的帮忙，爸妈甚至没有过问，新初会不会觉得有些委屈，有些难过。

自少年时起，对他们兄妹而言，父母似乎只是两个常年在外工作，有时几个月都联系不上的长辈。

"新初说马上就来，"乔蔚不知什么时候出现在了厨房里，"我买了虾，待会儿你弄得差不多了，我给她做个油焖大虾。"

等孟新堂开始给他最后一道菜收锅，乔蔚站在一旁开始挑虾线。

"听说你和老钟呛声了？"乔蔚低着头，不经意般地询问。

"嗯，都多久以前的事了。"

孟新堂说这话的时候，有点像是用沈识檐的语气，淡淡的，漫不经心。

乔蔚倒是没有要教训或是追责的意思，只是轻轻地摇了摇头，说："这么冲动，不计后果，不太像你。"

孟新堂低头扒拉着锅里的菜，反问："事情到底查得怎么样了？"

"还能怎么样？"乔蔚的语气见怪不怪，又接着叮嘱道，"差不多了就回去上班，不要意气用事。你要知道，这件事，让两支队伍几年的研究付之东流，你相信他是一回事，要做出保险的处理，是另一回事。不要三十多岁了，还像个小孩子一样一头热。"

总结来说就是，情归情，理归理，互不拉扯。

孟新堂将菜倒在盘子里，关了抽油烟机。没了嗡嗡的声响，他的声音显得更加清晰。

"能理解，但不会认同。"他看向乔蔚的目光，固执又坚定，"让我回去我自然会回去，那次也确实是冲动了，不会有下次，您放心。"

孟新初回来得很快，进门的时候大汗淋漓，站在门口鞋都没换就喊了一声"妈妈"。乔蔚和孟新堂都迎了出来,孟新初张着双臂就扑到了乔蔚的身上。

"妈妈,你怎么回来了?"

"有空了就回来了,"乔蔚笑着用手背给她抹了抹脑门上的汗,"你这么着急干什么?看这满头的汗,快去拿纸擦擦,开着空调呢,别着凉。"

"我想你嘛!"孟新初大大咧咧地抽了两张纸拍在脑门上,小尾巴似的跟在乔蔚的后面,"妈妈,我今天去最后试穿了婚纱,我觉得我选的这套超美的,来来来,给你看、给你看。"

说着,她拿出手机凑在乔蔚面前,给乔蔚一张一张地看着照片。

"嗯,是不错,尤其是后面的设计,还真别致。"

"是吧是吧,"孟新初一听,兴奋了,"还是我妈妈懂欣赏,当初我给我哥看,他还说后背有点丑。"

"这怎么会丑?别听他的。"

因为孟新初,厨房里立刻变得热闹了不少,油烟气混着欢声笑语,好像描出了"家"的样子。

吃饭前,乔蔚到孟新堂的酒柜里挑了瓶酒。乔蔚是女强人,连挑的酒都是高度数的烈酒。她拿出两个小杯子,朝孟新堂扬了扬手:"来一杯?"

"好啊。"孟新堂应道。

谁知孟新初也跟着凑热闹,举着手嚷:"我也要我也要。"

"你哪儿会喝?"乔蔚笑道。

"我要喝,要结婚了我高兴,结婚那天我还打算小酌几杯呢。"

乔蔚无奈,只得顺着她的意,又拿了一个杯子。等孟新初他们两个出去了,她盯着手上的酒看了一会儿,还是将它放下,换了瓶度数低一点的。

孟新初已经不记得上次吃乔蔚做的菜是什么时候了，一盘大虾，被她吃去了一半还多。乔蔚不时询问着婚礼的有关事项，孟新初细致周到地答着，问一句答三句，还附赠相关问题即时讲解。在几人吃得半饱的时候，乔蔚才对孟新初说："前些天你爸爸和我联系，说实在脱不开身，可能没有办法参加你的婚礼了。"

当时的孟新初已经喝了两小杯酒，脸颊微红，连眼角也红了一点。她呆愣片刻，眨了眨眼睛："不……不是说能来的吗？"

"好像是有需要技术调试的部分，临时管控，"不说话时，乔蔚的唇一直紧紧地抿在一起，在对上孟新初的眼睛时，才又有了一丝松动，"他说会给你打电话。"

坐在一旁听着的孟新堂不知要如何形容此刻的心情，在看向孟新初的时候，他觉得自己的心都抽疼了一下，有心疼，有失望，可回过头来，又好像是习惯了一般地平静。他看着盘子映出的吊灯，突然觉得那一点光亮有些晃眼。

孟新堂看得出孟新初的强装开心，乔蔚当然也看得出，她压下孟新初还要倒酒的手，对孟新堂使了个眼色。孟新堂起身，轻声对孟新初说要抱她去休息。

孟新初早就已经喝醉，这会儿却死死地拉着乔蔚不撒手，她喃喃地说了句什么，含混不清。乔蔚凑近了一些，侧耳去听。

"妈妈会去吗？"

自己的女儿说着这样的话，没有哪个母亲会不心疼。乔蔚一直都在忙工作，自知对儿子和女儿的照顾少之又少，所以面对这样的孟新初，她不仅心疼，还愧疚。她伸出手，摸了摸孟新初的脸："你结婚，我当然要去的，你爸爸也特别想回来。"

不知道孟新初到底听见没听见，反正在这句话之后，她放开了乔蔚的手。

孟新堂将她抱到卧室里，开了空调，又仔细地给她盖好了小薄被。孟新初躺下的时候并不安稳，神志不清地一直在胡乱说着什么，他拍着她的后背哄了一会儿，床上的人才睡了过去。等他再出来时，看到乔蔚还坐在桌边，握着酒杯出神。

孟新堂拿起筷子的声音惊扰了乔蔚，她回过神，看见他之后问道："睡了？"

"嗯。"

孟新堂夹了口菜放到嘴里，咽下去以后，听见乔蔚说："有件事情还没告诉你，我评上'总师'了。"发出一道碰撞的声响，是筷子尖划过了青花的瓷碗。

孟新堂举起了酒杯，真挚地看着乔蔚说道："恭喜。"

她做到这一步不容易，他很清楚乔蔚的努力和辛苦。

乔蔚笑了笑，与他碰了杯。乔蔚喝酒从来都是一饮而尽，一杯酒从不喝第二口，孟新堂看着她扬起的脖子，才真的明白了自己这个母亲到底有多要强。

"我始终觉得，一个人有多大的能力，就该担多大的责任，所以我一直想要去做很多事情，去承担，去实现。"乔蔚转着手中的酒杯，缓缓地说，"年轻的时候，我就是事事都要做到最好，后来和你爸爸结婚了，变成了我们两个在各自的研究领域去当那个最好的。越是钻研，我就越发现一个人能力的有限。哪怕你已经学习了很多，掌握了很多，到了你和别人交流的时候，你还是会发现，你所了解的，只是这个专业的冰山一角。可越是这样，我就越想去学习更多。"

孟新堂沉默地听着，带着几分感同身受。

"我自问在工作中做得还不错,可是有一些责任,我没能担起来。"乔蔚又给自己倒了一杯酒,放下酒杯的时候,眼皮始终垂着,"对你,对新初,我没尽到一个做母亲的责任,我相信,你们的爸爸也是这样想的。"

孟新堂完全能理解他们的心情,因为或许,这就是他将要面临的境地。他坐到乔蔚的身边,揽住了她的肩膀。

"妈,没有人可以真的做到面面俱到,在这种事情上做出的选择,也从不存在对错之分。"

只是你选择了理想,就要割舍些温情,这也是理想之伟大的一部分。

09

两个人聊完,已经过了午夜零点,乔蔚一早就要走,孟新堂催促着她赶紧睡了。简单收拾好餐桌,他刚打算再去看看孟新初,那间房门就被推开了。

"不舒服?"见她的手捂在胃上,孟新堂蹙着眉问道。

"想喝水。"

孟新初的情绪还是不太高,喝水的时候,整个人都好像被萧条的空气笼罩着。孟新堂走到她身边,摸了摸她的脑袋说:"别太纠结,爸是真的没办法,才不来的。"

孟新初的牙齿磕着水杯边缘,好久都没说话。最后是孟新堂拉着她的手要将水杯挪开,才发现她哭了。孟新堂立时有些慌乱,"哎"了一声,接下来的话就卡在了喉咙里。

"怎么还哭了?"他拿纸巾给孟新初擦着脸,叹气道,"好了,别哭。"

孟新初抢过纸巾,自己胡乱地抹着,头偏到一边,拧着不让孟新堂看。只有这时,她才有点像这个家里的人。

"我知道你委屈,等下次见着爸,你好好说说他,出出气行不行?"

"下次，"孟新初哽咽着反驳，"下次还不知道是什么时候。我特意问过他才定的日子，他跟我保证过一定会回来的。"

"嗯，是他不对。"孟新堂并没有为父亲解释，只是想着哄好孟新初。毕竟天大地大，哭了的妹妹最大。

其实在他看来，孟新初已经足够坚强和懂事，这次也只是因为碰上了"婚礼"这么一件难得事，才有了这么大的情绪波动。

孟新初又低着头擦了一会儿眼泪，才红着眼看着他说："爸爸还应该陪我走第一段路，再把我的手交给那个大傻子呢。"

闹了半天，这丫头还惦记着这事呢。

孟新堂伸手将她抱住，轻轻拍了两下她的后背："不怕，哥陪你走。"

孟新初闷在他胸口，估计早就把鼻涕眼泪都蹭干净了。

孟新堂把孟新初重新送回了屋，孟新初坐在床上，非要让他进来再陪她聊聊天。于是孟新堂将屋里的懒人沙发挪过来，坐下来陪着她。

"你躺下说，不然没准儿你越说越精神。"

东拉西扯地，孟新初好像总有话说一样。在孟新堂第三次要她快点睡觉时，她转了转眼珠，问孟新堂："哥，你以后也会到这种程度吗，工作忙又受限制，连家都不能常回？"

"不知道，"孟新堂思忖片刻，摇了摇头，"要看我有多大的本事。"

他说要看他有多大的本事，而没有提及愿不愿意。

孟新初揪了揪被子，犹犹豫豫地开口："其实你和爸爸妈妈一样，有雄心壮志、有抱负。可是有时候我会特别不懂事地想，我不希望你也这样，我不希望我想找你们时谁都找不到，想见你们时谁都见不到。"

"不会的，"孟新堂倾身，看着床上的女孩，很轻很慢地摇了摇头,"没有那么夸张,爸是因为研究的东西太特殊,你看妈,不是你想找基本就能找到吗?就算有偶尔的封闭期,也只是一段时间而已。"

孟新初却摇头:"那我也不希望。你不懂。"她又看着天花板想了想,复而说,"比如,你结婚了,如果你的太太是个像妈妈一样的女强人,性格独立刚强一些还好,但如果是个像我一样的人,就拿我来说,我就会受不了。因为家里可能总是只有我一个人,我总是要等待,在有什么紧急情况的时候身边也没有帮忙的人,我会觉得特别孤单、无助。"

这话其实正中孟新堂的心思。

他曾思考婚姻是什么,他要用什么来构筑婚姻。而结果是他觉得自己并不能保证它。他理应给予自己的妻子尊重、支持、爱护和陪伴,这些东西缺一不可,可当以后的工作步入正轨,似乎除了第一样,他都无法保证。

他是一个对自己近乎苛刻的人,无法保证的东西,他不会不负责任地贸然尝试。

"所以,我大概不会拥有婚姻。"孟新堂说。

他想做的事情还有很多,远没到停下的时候。

从孟新初的屋子出来,孟新堂到客厅里寻了手机。他在黑暗里又翻出了沈识檐发来的盛夏,躺在沙发上看了很久。

聊天框停在"静候佳音"上,他放下手机,对着寂静的夜晚,思想周游一圈,还是没能寻到"佳音"的影子。

孟新初婚礼前两日,一则新闻在清晨席卷了全国。孟新堂收到了一张新闻评论的截图,来自沈识檐,询问他评论里所阐述的是否属实。孟新堂将图中的内容读了一遍,回道:"思想方向正确,但技术分析有些错误。稍等,我讲给你听。"

那边的沈识檐等着,以为孟新堂会发条语音,或者打个电话过来,可没想到,却在20分钟之后收到了一封来自他的邮件。沈识檐将文档下载下来,发现是一篇技术及危害分析。没有繁多难懂的专业名词,孟新堂只是挑了关键点,给他做了比喻性的解释,梳理了危害性,通篇看下来,没有半点相关知识积累的沈识檐竟然一点也不觉得难懂。

又过了五分钟,他才接到了孟新堂的电话。

"看懂了吗?"

"当然,科学家的专业科普,读起来毫不费力。"

电话中传来孟新堂的笑声,他语气谦逊,轻声说:"不是科学家,只是个工程师。"

沈识檐不跟他争,也不顺着他说,心里却想我觉得你是什么你就是什么。

他走到院子里,吹着热风蹲下来,一边摆弄着门口的一盆马蹄莲一边问:"赏花钱准备得怎么样了?"

停顿了一秒,孟新堂的声音才重新出现。

"佳音难寻。"

沈识檐愣一下,忽而大笑开,笑声漾得花香似都起了涟漪。

"再寻不着,夏天都要过了。"

"不急,"孟新堂的声音依旧不紧不慢,带着笑意,"不是有四季吗?"

沈识檐还在笑着,闻了闻手头的芳香,连声说"好"。

孟新初婚礼那天是八号,挺喜庆的日子。

其实这婚礼办得很简单，没有接亲也没有什么把新郎关在外面要红包的桥段，用孟新初自己的话说，纯粹是为了满足她小女生的幻想，才要穿着婚纱办个仪式。

孟新堂起了个大早，早早就到会场候着。到了十点的时候，他特意绕到孟新初待的新娘梳妆间，对着落地镜整理了自己的西服。

坐在床上玩着手机的新娘惊奇地抬起了头："哥，你怎么了？"

"嗯？"孟新堂回身，"没怎么啊？"

孟新初咂着嘴摇头："不，我从没见你这么自主自发地对着镜子……搔首弄姿过。"

话刚说完，她就被弹了脑门。

"新娘子，注意措辞。"

嘴上义正词严，孟新堂心里的算盘却还在噼里啪啦地打着。他估摸着沈识檐不会掐着点儿来，既然和孟新初的关系还不错，怎么也得早点来祝贺。他看了看表，十点十分，差不多了。

最后微微调了调领带，孟新堂便去了大门口。和一些亲朋好友寒暄了一阵，他才看到要等的人的影子。

沈识檐来时和别人不一样，人家都是开着车、坐着车到门口，唯独沈识檐，抱着一束花从老远的地方晃了过来，还四处张望着，像个晚饭后遛弯看热闹的老大爷。

孟新堂隐在人群里，暗暗笑着等他接近，余光一直瞄着那边。

沈识檐到了门口也是溜溜达达的，好像是看了一圈没看见什么认识的人，拿着请帖问了侍应生一句就要往里走。孟新堂看好了人，闪出身子，直直地挡在他身前。

"孟新堂？"

这是第一次，孟新堂看到他因为自己露出惊喜的眼神。

"你也是来参加婚礼的?"

话音刚落,沈识檐就注意到了孟新堂胸前别着的那一小块红绣巾。

亲属?

他看着孟新堂绷不住笑的脸,脑子里猛地蹦出了孟新初的全名。

"嗨!"他睨着孟新堂笑了一声,"我们老叫孟新初的外号,都没反应过来你俩名字像。你们是……兄妹?"

"聪明。"孟新堂笑说。

沈识檐笑了一会儿,又想起这人从头到尾的表现,狐疑地问:"你知道我要来?"

孟新堂点点头,指了指他手中的请帖。

沈识檐一瞬了然。他翻开风格淡雅的请帖,又将那几行字看了一遍,问:"这是你写的?"

"嗯。"孟新堂侧身让开,"走吧,先进去。"

沈识檐合上请帖,举步往里走。两人都笑着,和这气氛融合得很好。

"你这字写得不错,尤其是我名字的那仨字,我看了以后还临摹了几遍。"

因为这句话,刚走了几步的孟新堂一下子又停住了。沈识檐见身边没了人,自然而然地回身去寻,却见孟新堂正要笑不笑地看着他。

"怎么了?"他觉得奇怪。

孟新堂的唇角扬起,摇了摇头。

"没事。"

他只是觉得,不枉费那天练的两页草稿纸。

"这地儿这么远,你怎么走过来的?"

"我哪会走过来,出租车司机是个新手,不认路,绕了半天也没找着,我就让他随便把我撂下了,就在附近,多走了几步而已。"

孟新堂轻笑着摇头,这人说得还挺高兴。

"那你说总叫新初的外号,她的外号是什么?"

"小新。"沈识檐说完觉得不对,刚将目光转到孟新堂的脸上便笑了出来,"看来以后不能这么叫了,有歧义。"

10

大厅里已有一些早到的宾客,孟新堂偶尔停下,同熟识的人打招呼。而在他说话时,沈识檐便驻足等他,观赏似的看着他与别人寒暄。沈识檐发现,无论对着怎样打扮的人,孟新堂永远是简单的两句询问,内容不同,但都朴素真挚,没有语调夸张的热络,更丝毫提不上套近乎。

一路走一路停,两人终于穿过大厅到了后面的房间区,在走廊上,孟新堂正要询问沈识檐怀中这束花的来历,忽听一声有些激动的呼唤。

"识檐。"

声音的来源是一个年轻的男人,身形挺拔,相貌也称得上是俊逸的。

"没想到你也来了。"他这样说道。

孟新堂打量着这人,也不知是不是他今天的眼睛有些多疑,这人给他的感觉很奇怪,也说不上来奇怪在哪儿,总之和旁人看着沈识檐的眼神都不一样。

一旁的沈识檐抱着花平视着前方的人,嘴角有很浅的笑意。

"我不能来吗?"

那个男人似乎愣了一下,才笑着摆了摆脑袋:"你知道我不是这个意思。"

前方来了几个打打闹闹的年轻人,走廊狭窄,在经过孟新堂他们的时候,彼此之间已经近到了人贴人的程度。孟新堂拉着沈识檐向他这边靠了靠,还伸出手臂,护住了他怀里的花。

沈识檐正与那人说着话,见他这动作,转头看向了他,笑意变得很明显。他将花换了个倾斜的方向,花便朝着孟新堂盛开。

没聊什么实质性的内容,三言两语过后,沈识檐就同那人告了别。继续往前走的时候,孟新堂回头看了一眼,那个男人还站在那里,侧着身子,盯着这个方向愣神。孟新堂突然的回首像是切断了他黏着的目光,又像是惊醒了一个梦。

孟新初的房间里这会儿人已经不少,大家热热闹闹地聊着,还有人在和孟新初合照蹭喜气。见沈识檐进来,坐在床边的孟新初立马扬手喊他:"男神!"

一瞬间,屋内所有的目光都朝向了门口的两个人。

沈识檐忍俊不禁,举起怀里的那束花挡住了自己的脸:"你可饶了我吧。"

孟新堂不作声地看着他,跟在他身后,缓步朝孟新初走过去。

"来,新婚快乐,"沈识檐将抱了半天的花递给孟新初,没有祝白头偕老,没有祝早生贵子,他以轻缓低沉的语调说,"永结同心。"

"谢谢男神!"孟新初很开心,凑近花闻了闻,"好香。"

孟新堂扫了一眼那束花,终于问出了没来得及问的问题:"是你自己种的花吗?"

沈识檐伸出手指点了点中间的两朵百合:"百合不是,是在花店买的,其余的是我种的。"

孟新初觉得惊奇:"你种的?你还会种花啊?"

像占便宜似的,孟新堂不由得想要多看那花几眼。他微收下巴,低了头,看得光明正大,不加遮掩,可没想到再抬起头的时候,被沈识檐戏谑的眼神逮了个正着。

两人心照不宣,都笑了笑,又都忍住。

一旁有两个姑娘,是孟新初的大学同学,也是今天的伴娘,打沈识檐进门以后就一直盯着他看,这会儿听见这话,连商量都没打就纷纷开始在后面掐孟新初的腰。突然被掐的孟新初"哎哟"了一声,暗暗拍掉她俩的手,给了她们一人一个"懂了"的眼神。

"哎,我给你们介绍一下,这位男神是沈识檐,我的初中兼高中同学。"孟新初朝那俩姑娘挤挤眼,"第一医院的知名胸外科医生,不仅专业业务优秀、会种花,还会弹琵琶,而且弹得特别好,高中的时候参加我们学校文艺会演,艳惊四座。"

那俩姑娘听了,立刻连声赞叹,还跟预排好了一般不约而同地说着"沈医生加个微信呗",孟新堂站在一旁,都有点替沈识檐招架不住。

"好了好了,你别闹,"孟新堂干脆替沈识檐开了口,随便打了个岔,"你不是说还要改改你出场时司仪的词吗?人家这就过来了,你把要改的词准备好了没有?"

"准备好了啊。"孟新初捅了捅旁边的一个女孩儿:"倩妞儿,我的词呢?"

"哦,在桌子上,我去拿。"

趁其他人都在看着那个叫"倩妞"的姑娘,沈识檐偷偷朝孟新堂一抱拳,逗得孟新堂又想笑。

正巧这时司仪进来了，看他们要商量台词的事，沈识檐便说自己先走，让他们商量着。

"别啊，男神，"孟新初叫住他，"哎，既然你来这么早帮我去放放音乐吧，这事儿被宋可揽下来了，但是她这音乐素养吧……也就因为是我闺密我才成全她的，你去放音乐那儿帮我洗涤一下她的歌单行不行？日行一善，长命百岁。"

孟新堂瞥了他妹妹一眼，心想这小丫头现在贫起来都没边了。

"我？"沈识檐指着自己问。

"对啊，去吧去吧，宋可还有徐扬他们都在那儿。"

"好，"沈识檐的反应好像有点迟钝，同他们道了别，已经走了两步了才又问，"你要什么语言的歌？不是中文的行吗？纯音乐行吗？"

"没问题啊，什么都没问题，"孟新初虽然同样没什么音乐素养，但马屁拍得很溜，"男神选的都是好的！"

一直没出声的孟新堂在这时转了身，说："我带你去吧。"

"哎，哥，你干吗去？"孟新初拦着他，"你该去换衣服了，我男神会找不着播放台在哪儿吗？"

闻言，沈识檐看了看孟新堂这一身正装，奇怪地问："为什么还要换衣服？"

孟新堂没回答他的问题，只是依然走了过来，还轻揽了一下他的肩膀示意一起走。

"那我去换衣服，你们接着玩。"

出了门，孟新堂才解释："因为工作问题，我爸来不了，所以待会儿我要带着新初走进礼堂，会换一身更正式的西装。"

"你这还不正式吗？"

沈识檐打眼一瞧孟新堂，再低头看看自己——勉强也算是穿了件衬衫吧。他顿时有些失语，又不着调地想，自己这辈子大概都没什么需要穿正装的场合了。

见他这样子，思及他心中所想，孟新堂抬手蹭了下鼻子，没忍住，笑出了声。

"你穿这身就很好。"

两个人在楼道的尽头分开，沈识檐去了大厅，孟新堂到了楼上。等孟新堂换好衣服，再进入大厅的时候，大厅里正在播放着一首节奏很慢的日文歌曲，是一道很舒服的女声，也格外好听。他猜这是沈识檐选的歌。

他寻到沈识檐，见沈识檐正一只手撑在桌子上、弓着身子看着播放台那里的电脑屏幕，一个女生坐在椅子上，边听沈识檐说边操作着电脑。沈识檐认真起来的时候，嘴巴会比平时抿得用力一些，还有些往回收。孟新堂盯着他看了片刻，刚要过去，却发现他的旁边站着另一个男人，而恰好，是刚才他们在走廊里遇到的那位。

在看清这个男人的神情的时候，孟新堂突然就明白了第一次见面时那奇怪的感觉是什么。

沉吟片刻，他还是走了过去，而且比平日的步伐更快一些。

他没有想要打扰沈识檐，所以并没有出声，但在他刚刚接近了沈识檐时，沈识檐却像感应到了什么一般，突然抬头看过来。

迎上他恍然大悟的目光，孟新堂便露出了微笑。

礼堂里的灯光是孟新初心仪的暖黄色，夹着白光，亮堂又不赤条。最大的水晶吊灯已经被孟新堂抛在脑后，他逆着光，光却跃到他的肩上和眼底。

沈识檐自认不是个以色阅人的人，声色之后便是犬马，皮囊这东西，没有内核亦经不起风霜，实在不值一提。但在触及孟新堂的那一刻，他突觉自己变得前所未有地轻浮。

朝他走来的人很好看。

这个人穿大衣会很好看。

这是他的想法。

"你……穿这身更好看。"

孟新堂还未彻底走过来，沈识檐的话就已经跳出了口。

略带停顿的露骨夸赞，大多没有经过深思熟虑，孟新堂没料到他会是这样的反应，也没料到他会说出这样的话，但听见之后，生平第一次，为自己的外表感到庆幸。

大厅里穿行着那么多人，停留着那么多人，却好像只有他们两个人，在走近。

"识檐。"一道声音忽然惊扰了这庆幸，徐扬指着电脑屏幕问，"*I Found the Love*[①]，要放吗？"

沈识檐重新弯下了腰，孟新堂的目光却还在他身上。又过了那么几秒钟，孟新堂才朝旁边看了一眼，正好与徐扬对上视线。

缓缓地，孟新堂眨了一下眼睛，然后朝他露出了很符合礼仪标准的微笑。

作为亲属，在婚礼现场真的很难闲下来，孟新堂刚在沈识檐身旁站了半分钟不到就被几个长辈叫去了，等处理完那边的事情再回去找沈识檐，却发现那里只剩了那个女孩儿，沈识檐和徐扬都不在了。

没多想，他便开始寻找，可围着大厅转了一圈都没看见那两个

---

① 英文歌曲，译为《我找到了爱》。

人。他正觉得奇怪,有人叫住他,问他在找什么。

孟新堂如同被这话点醒了一般,有些恍惚地停在了原地。

他忽然发现,无论是从现在的身份来讲,还是从未来来讲,他都没有什么要在此刻去找沈识檐的理由。别说他们只是相识不久,即便真的是旧友,也该彼此尊重和信任。

但他刚转身,却又被另一道声音占据思想——没有什么去找的理由,可同样也没有什么不去找的理由。

就这样,孟新堂一个人在那里足足转了个三百六十度,才接着朝后院走去。

"抽烟吗?"

"不抽。"沈识檐的回答干净利落。

听到这两声,孟新堂便已经停下了脚步。他犹豫稍许,又向后退了两步。

两个人的身影被树丛挡着,孟新堂看不清。他自己点了支烟,靠在柱子上等着。很久以后,徐扬的声音才又响了起来。

"今天再见到你,挺高兴的。"

"我也是。"

听着沈识檐说这话的调调,孟新堂叼着烟,弯了唇。场面话。

他不想搞偷听的那一套,见这个距离依然能听清他们的谈话内容,便转身往回走。可还没走远,又有一句话钻进了他的耳朵里,那是一句疑问,带着很复杂的情绪,仅是孟新堂听出来的,便有说话人的不甘和忐忑。

"其实我一直想问你,你找到那样的人了吗?"徐扬顿了顿,补充,"你说的那种。"

11

孟新堂一直在想着刚才听到的那个问题,沈识檐要找的,到底是什么样的人?

一支烟到了底,兜里的手机忽然振了两下,他掏出来一看,是单位领导发来的消息。

沈识檐从院子里回来,看到孟新堂正站在大厅的后门,看着手机发呆。

"怎么了?"

孟新堂抬头,看到他以后轻轻摇了摇头,没说话,而是将手机递给了他。

屏幕上显示着一条外来消息、一条孟新堂的回复。

"依旧没查出什么踪迹,处理结果下来了。新堂,没办法的事情,气性别太大,这个结果只是按照规定出的一份文书,真相怎样,我相信大家自有判断。刚好月末了,1号回来上班,二组的高工调岗往上顶,你先接他的工作。"

"我明白,您放心。"

好一个"自有判断"。

沈识檐读完这两条消息，脸上的神情也黯下去了一些，他叹了声气，问道："你会不会心里不舒服？这种事情……会让人觉得有气也没地儿撒。"

"不舒服是肯定的，但其实，这种结果在我的意料之中。这么长时间过去了，对于自己无能为力的事情，总要找个态度去接受。至于气……"孟新堂的表情倒不那么沉重，还懒懒地扯了一下嘴角，"我刚知道的时候，就已经冲我领导撒过了。"

突然听到他这么说，沈识檐有些惊讶："你吗？"

沈识檐又使劲儿看了他两眼，依旧难以想象孟新堂朝他领导撒气的场景。

"我好像有点想象不出来。"

"是吗？"孟新堂这回笑了，"其实我自己也有点想象不出来。可能就是当时消息来得太突然，一下子就被冲昏了脑袋。"

沈识檐觉得，孟新堂虽然看上去很平静，说着能想到这结果，但现在的心情应该也还是有些糟糕的。沈识檐没见过他在谈话的时候还一直紧紧握着手机，也没见过他笑得这样懒。

或许是因为正当着妹妹婚礼，孟新堂并没有继续谈论这事情的意思，很快转移了话题，跟沈识檐说本来想待会儿送他走，但这边怕是还要收拾好一阵。沈识檐搭了几句，在两个人刚决定要回去大厅的时候，忽然又说道："如果心情不好的话，不如去喝顿酒，酒虽然不能真的浇愁，但能让人一吐为快。"

孟新堂有些惊奇于他突然的提议，反应了两秒说道："好啊，你陪我吗？"

"需要的话，很乐意。"沈识檐举了举手，眼睛里有小孩子要偷偷做坏事一样的神情，"老顾是个会酿酒的，但是桂花奶奶不让他喝，我去给你偷两瓶尝尝。"

"好啊,"孟新堂的心里好像一下子就亮了起来,择日不如撞日,反正孟新初晚上要和一帮朋友去 KTV 庆祝,没他的事情,他索性建议道,"今天晚上怎么样?"

"可以。"沈识檐答应得很快,"就去我家吧,我来准备。"

"好。"孟新堂笑着应下来。

沈识檐轻偏了一下头,刚要问一问晚上饭菜的问题,目光忽然落到了孟新堂的肩膀上。他怔了怔,后笑着问道:"你刚刚去了院子?"

"嗯?"孟新堂不知道自己刚才多少有些偷偷摸摸的行踪是怎么暴露的,但立马就老实承认,"嗯,刚才想去找你,看到你和别人在说话,就回来了。"说完他又问,"你怎么知道?"

沈识檐没有立刻回答,而是抬起手,拈起了孟新堂肩膀上的一小片洁白。

"你肩上有花。"

每次沈识檐一对孟新堂说这种载着诗意的句子,孟新堂必定会走神。孟新堂听见沈识檐在问,找他有什么事,可脑子还没从卡顿中彻底恢复过来,出口的话,也是临时在脑海里就近拣的一个无关紧要的问题。

"哦,我想问你刚才我听见的那首日文歌叫什么名字,"孟新堂轻咳一声,"就是刚才我换了衣服出来时放的那首。"

"刚才?"沈识檐小声重复着,似在回想那时的情景。

他微垂着脑袋的样子显得很认真,看不出来只是在回忆一首别人问起的歌,倒更像是在仔细谨慎地想着什么必须解决的病情。

看着这样的沈识檐,孟新堂的脑子里又抑制不住地开始想:他究竟要找个什么样的人?他找到了吗?

这两个问题像单曲循环一般，一遍一遍地响在孟新堂脑海里。

孟新堂出来的时候沈识檐在挑选音乐，对于正在播放的曲子，印象着实不深。他试图回忆那时的场景，比如播放器歌单的显示还有和宋可的对话内容，想要凭借这些，勾出些关于声音的记忆。可好一会儿，他都不得方向，像是失忆了一般迷茫。

而当回忆的转轴又转了一圈，转出一帧灯光煌煌的画面时，沈识檐像是突然被星光击中了回忆，星河铺盖而来，化成了那一刻的声影。

他清晰地忆起了那一眼的孟新堂，也清晰地忆起，那时耳边唱着的，恰好是那句他很喜欢的歌词——"你可是我苦等30年，才遇见的人"。

没有什么比遇见更浪漫。

"*I Found the Love.*"

孟新堂愣住，忽然，有种时空交错的感觉。

他究竟要找个什么样的人？他找到了吗？

——*I Found the Love.*

"今年发行的歌，我很喜欢。"沈识檐的声音带着足以让孟新堂察觉的欣喜，他问孟新堂，"你也喜欢吗？"

这或许只是个美丽的巧合，又或许，是冥冥中的一个暗示。

12

沈识檐下午也收到了孟新初关于"婚礼KTV"的邀请。沈识檐看了看刚刚和孟新堂的聊天记录,发现他还在会场那里收拾着,再看看孟新初的朋友圈,不禁感叹有个哥哥真好。

回拒了孟新初,沈识檐想了想,又发了一条消息过去。

"下次别给我介绍姑娘了,我不会结婚的。"

再想想,觉得有点不够真诚,沈识檐便又补了一条。

"我认真的,没有开玩笑。"

孟新初的回复很夸张,发了好几排的问号和感叹号。看着她一句一句地追问,沈识檐觉得有点儿好笑。回想那会儿跟孟新堂说这事时的场景,他真难以相信性格迥异的两个人会是兄妹。

大概七点钟,暮色刚刚压下来的时候,沈识檐接到了孟新堂的电话,他以为是他的描述不够充分,孟新堂在这胡同里迷了路,可刚说要去茶馆那里接他,孟新堂却在那头说:"我应该是在你家门口。"

"啊?门没锁啊,"沈识檐举着手机,奇怪地朝院子里走去,"你推门。"

那边孟新堂发出一声轻笑,操着低沉的嗓音答道:"不敢进,赏花钱到现在都没凑够。"

沈识檐顿了脚步，旋即大声笑了起来。

他将步子迈得大了一些，加紧走到院门前，握着手机的手也放了下来，两只手扶上门环，轻轻一带，大敞的门外站着仍举着手机的孟新堂。

沈识檐将手中的电话挂了，侧身让出一条通道。

"大晚上的看不清，这次给你免费。"

"多谢。"孟新堂有模有样地朝他欠了欠身，像古时拜访知音的文人雅士。

没付钱，孟新堂还是半遮不掩地将那一院子的花都看了一遍。很多他叫不出名，经常弯着腰问身边的人，这盆是什么，那盆又是什么。

沈识檐就叉着腿蹲下来，一盆一盆地给他介绍。这两盆是玉簪，也叫白萼，那盆是秋水仙。

"哎，你以前学过没有？秋水仙素能抑制有丝分裂，就是这个。"

"我的学生时代，太遥远了，不过这件事儿我倒是知道。"

两个人蹲了好一会儿，偶尔抬手，偶尔相碰，都掸落了满身的夜色。

末了，沈识檐起身的时候还跟孟新堂说："你这回欠的账多了，除了赏花钱还有讲解费。"

"别急，"欠债的人又闻了闻花香，扭过头来说，"且容我慢慢还。"

赏完花，两个人并肩向着屋里的灯火走，孟新堂随口问："为什么这么喜欢种花？"

沈识檐正在替他掀帘子，孟新堂问完便看向了沈识檐。

"我母亲喜欢，"短暂的停顿后，他补充，"当然我也喜欢。"

其实沈识檐回答这问题的时候,并没有什么特别的表现,只是被他挽在臂弯里的竹帘轻晃了两下。

"抱歉。"孟新堂很快地说,脚步也停了下来。

因为他的停下,沈识檐也就放下了竹帘,笑了笑说:"没关系。"

接着,他闪了闪身,孟新堂越过他的身子,看到门旁的小窗台上摆着一个瓷白花瓶,里面插着一枝白玫瑰,开得正好,花娇叶绿。

"以前,我家的花要更多一些,除了人走的路,全都是花。"沈识檐说着,目光飘到了院子里,看着空落落的地方,像在回忆着什么。

"不过我没那么高的技术,养不了那么多,"他转身,轻轻抬手碰了碰那枝白玫瑰,"我母亲爱花如爱琴,以前我父亲,只要门口的花店没关门,都会给我母亲带一枝花回来,十几年,每天如此。"

孟新堂总算明白了,沈识檐的仙气儿来自哪里。每天一枝花,这样的爱情,唱罢世间也没有几出。

"你父母……感情很好,也很浪漫。"

沈识檐点点头,赞同道:"他们是我见过感情最好的夫妻,青梅竹马。"

说完,他就又掀开帘子,示意孟新堂进去。

"不过可惜他们没能一起白头,都去世了,但这对他们来说,也是一种团聚吧。"

身后的沈识檐将这话说得风轻云淡,孟新堂甚至没有感受到他的悲伤。他看着沈识檐倒水的背影,犹豫着要不要继续问下去。

"先声明啊,我就准备了两道素菜,别的看你的了。"沈识檐给他将茶端上桌,还细心地提醒他小心烫。

"好,"孟新堂笑着点头,"剩下的我来。"

沈识檐在下午就跟他说,自己的厨艺有限,而且吃得清淡,让他视情况,自带点爱吃的。他一点都不客气,孟新堂也就不扭捏,直接从超市买了几样食材,打算亲自做两道菜。

沈识檐让他喝口茶歇歇,自己先去了厨房。

等孟新堂过去,见了沈识檐做的菜,才知道他说的那句"厨艺有限",还真不是谦虚。厨房的方木桌子上摆着两盘菜,非常有师出同门的意思,起个菜名的话大概就是——盐水煮西蓝花,盐水煮莜麦菜。

沈识檐见他进门,一边往锅里加水一边问:"你要做几道菜?"

"两道吧,"孟新堂又憋着笑扫了一眼那两盘绿油油的菜,飞快地将买的东西归类,"有盆吗?"

沈识檐围着厨房转了好几圈,才从橱柜里翻出个不锈钢盆,孟新堂看了看,上面还贴着"赠品"的标签。

沈识檐解释得理直气壮:"我自己做饭特别简单,这种高级装备都用不到。"

孟新堂挑眉,不锈钢盆是高级装备?

"那你洗菜怎么洗?"

沈识檐立马拎起个塑料盆,两层的那种,上层漏水,底层不漏。

"这个啊,很方便,洗水果洗菜,还洗装一体。"

手支在水池上,孟新堂弯着身子笑了出来,看着挺清逸淡雅的一个人,搁到厨房里可真是活宝。

孟新堂准备的菜单是黄瓜炒虾仁和红烧平鱼。炒虾仁好做,平鱼稍微费点工夫。

孟新堂刚在鱼身上划了一道口子,忽然停住,看向站在旁边巴巴儿地看着的沈识檐。

"你来试试?"孟新堂将刀反过来,将刀把递向沈识檐,"让我见识见识外科医生的手。"

沈识檐被他这诚挚的邀请逗得笑了一声,握住刀说:"你要是给我手术刀,我能给你表演表演。"

他拿着那刀在鱼身上比画了两下,抬头问:"在哪儿划?"

孟新堂凑得近了一些,伸出一根手指在靠近鱼身的半空中比画了比画:"就在这道口子下面一点的位置,这儿一刀,靠下再一刀。"

"哦。"沈识檐懂了,拿刀尖挑了一下被孟新堂切开的鱼肉,很专业地观察了一下角度。紧接着,沈医生左手的手指轻轻摁在鱼身上,右手持刀切入,动作很利索,手起刀落不挂一点鱼肉,一点都看不出生疏。

"很棒啊!"孟新堂看了看那道口子,角度和自己划的一模一样,而且非常平滑。他看着沈识檐带着点得意的笑把另一刀也下了,由衷地赞叹:"专业的就是不一样。"

两人又围着那鱼,就它身上的口子讨论了半天,沈识檐还给孟新堂讲了讲自己曾经买猪肉练伤口缝合的事情。等把鱼下了锅,这两个人才觉得刚才的对话有点怪异。他们好像一直在讨论怎么下刀能把鱼啊肉啊切得更美。

13

等两人忙活完,饭菜都端上了桌,星星已经映亮了各家的灯。

沈识檐拿出来两小瓶酒,用小青瓶装着,瓶嘴塞着挂着绳的木塞。木塞刚一拔出来,酒香就已经飘了满屋。

孟新堂凑过去闻了闻,很惊喜。

"老顾酿的酒这么香?"

酒斟到杯子里时,由亏及盈,发出的声响是会变调的。沈识檐并未看着酒杯,而是在倒酒的同时,边说着话边看向了孟新堂。

"别小瞧老顾,他是我见过的最懂酒的老头儿,会唱戏,还会扎风筝,特别有才。"说罢像是自说自话一般,摇着脑袋小声嘟囔,"就是有时候忒拧了。"

他手腕一起,断了酒瓶与酒杯的连线。

孟新堂看了眼桌上的那酒杯,不盈不亏,酒面与杯边存着刚刚好的亲近距离。

"第一次和你喝酒,"坐在对面的沈识檐端着杯子,轻向前一送,笑吟吟地说,"先尝尝?"

隔着两层眼镜片和一张酒桌,孟新堂还是能将他的眼睛看得深刻而清晰。

他举杯与沈识檐相碰，说："我的荣幸，多谢款待。"

沈识檐手里的酒晃了晃，被笑带的。他发现自己特别喜欢孟新堂跟他装腔作势，第一次见面也是，同他握手，孟新堂说，"我的荣幸"。

"笑什么？"

沈识檐咂了口酒："笑你，太会说话。"

"我会说话？"这种话孟新堂真的是第一次听说，他略一沉吟，放下酒杯，"好像从没有人这样说过。"

孟新堂拿起了筷子，伸到半空中的时候似有片刻迟疑，随后，筷子头转了个方向，落在了那盘绿油油的西蓝花上。

"我说了啊，第一次见面我就觉得，这人的话说得真好听。"沈识檐立马说。他看孟新堂吃了西蓝花，便问："怎么样？好吃吗？"

孟新堂不知道这会儿是该评价这西蓝花还是水里的那点盐，但第一个念头是不管说哪样，总归都是要夸的。

"好吃，咸淡适宜，火候正好。"

对面的沈识檐听完就用手撑着脑袋笑，要不是孟新堂下筷之前的表情有点难言，他说不定就信了这顺嘴的夸奖。

换个边儿，沈识檐尝了两口孟新堂做的鱼和虾仁，竟然比他想象中的还好吃。

"虽然知道你会做饭，但是没想到做得这么好。"他又夹了个虾仁放到嘴里，唇齿间都盈着一股很特别的香味儿，"哎，这也太好吃了。"

孟新堂听到这儿才算放下心来，也夹一口尝了尝。做菜的时候听到沈识檐说吃得清淡，所以做这两样的时候，他搁的作料比平时都要少一些，临场发挥，不知道会不会合沈识檐的口味。

"这一点一点红色的是什么？"沈识檐夹着一小块鱼问。

"我切了一小点番茄碎丁进去当辅料,怕你吃着口太厚。"

沈识檐完全没办法思考放什么东西会带来什么味,人对于未知的领域总是充满敬畏与钦佩,这么一听,他更觉得孟新堂了不起。

"你是喜欢研究这些还是怎的?你正常上班的时候,应该也很忙吧?"

就算孟新堂是为了做给妹妹吃不得不学,这也早就超过"做着吃"的程度了。

孟新堂点了点头,笑着看着他说:"我没什么别的爱好,生活比较枯燥,所以没事的时候,就自己琢磨俩菜。你喜欢的话,以后有空我可以常来跟你拼桌。"

"那太好了啊。"沈识檐正低头夹菜,回答的时候,脑袋没来得及抬起来,像个小老头儿一样挑着眼睛,让目光越过眼镜框上缘溜过去。

这看在孟新堂眼中,生动又可爱。

"你的眼镜多少度?"孟新堂突然问。

"啊?"沈识檐愣了一下才回答。他抬起左手,指了指左边的眼镜片:"左眼50度。"又挪挪手,指了指右边,"右边平光。"

这回轮到孟新堂"啊"了,他哭笑不得地问:"50度为什么要戴眼镜?"

他两只眼睛都近视400多度,左眼还有50度的散光,戴了这么多年的眼镜,实在觉得很不方便。

对面坐着的人一推镜架,说:"好看啊。"

孟新堂哑然。嗯,这是沈识檐。

"来,"他索性举起酒杯,"敬你的好看。"

两个人边吃着边说着,不知不觉,酒已经下去了大半。沈识檐晃了晃剩下的那半瓶酒,又给两个人的杯子各斟了一些。

"所以你要去上班了吗？"

"嗯，回去。"

孟新堂沉默一会儿，终于叹了口气，开始说今天的"正事"。

"今天下午回去以后，我给沿小打了个电话。她就跟我说了四个字——'我知道了'。"因为喝了不少酒，孟新堂的眼睛多少有些红。他用力睁了一下眼睛，这动作在沈识檐看来，很无奈。

"然后她就告诉我，不想在这里待着了，申请了出远差。"孟新堂接着解释，"会很辛苦。"

虽不是很了解，但孟新堂用"辛苦"来描述，沈识檐便大概能想象。他注视着孟新堂，孟新堂也看着他。看着看着，孟新堂突然笑了一声，像苦笑，也像是淡淡的自嘲。

"其实我挺怕，这件事让沿小失望。"他问沈识檐，"你会不会觉得我很没有立场？让我回去工作我就回去。"

"不会。"

沈识檐的回答没有很快，但很坚定。

不知为什么，他在说出这两个字以后，想到了他已经很久没有主动忆起的一幕。

"妈妈不是怕你成为英雄……"

那时他的母亲已经在病床上躺了很久，她拉着他的手，问他能不能换个职业。

沈识檐眨了眨眼，忽觉得有些乏力，抬手将眼镜取了下来，镜腿叠好，放在了一边。

"但是……我其实有点想知道，你的想法。"沈识檐斟酌了措辞，继续说道，"你说怕沿小失望，你呢，你不会失望吗？又或者说，这件事不会对你产生什么影响吗？"

他很少去探究别人的想法，但是今天在婚礼会场，他看到孟新堂手机上的短信时，很想知道这个男人在想什么。毋庸置疑，孟新堂是一个成熟、稳重的人，不仅这样，在沈识檐看来，他还是一个很坚定、活得很明白的人。沈识檐很想知道，这样的一个人，在和领导起冲突，在回复领导说"我明白"的时候，都在想什么。

"失望吗？"

沈识檐听到孟新堂的喃喃自语，又看到他带着些醉意的眼睛，以及同样带着醉意的自己。

"生来平庸，难免失望无力。"

生来平庸。

四个字，恰好完全符合沈识檐对于生命的第一部分认知。

"那为什么还要回去？"

其实后面的问题，可问可不问，不问的话，是知己间的留白。可沈识檐问了，因为他也被问过这样的问题——为什么一定还要做医生？

他很想听一听，孟新堂会怎么说。

他等着听，孟新堂却扣着酒杯看着他，不说话。

"你可以选择不回答我这个问题。"沈识檐在与他对视了几秒之后说，说完，自己喝了一大口酒。

如果这问题让孟新堂觉得为难，他会选择不听。

孟新堂笑了一下，摇头："我只是在想要怎样向你表达，因为我有两个原因：一个很正面。一个不太正面。"他眼中挂着笑问，"你想先听哪一个？"

"正面的。"沈识檐答。

"不能让前人的心血白费。"孟新堂很快说，"我不知道你是否了解，一个新的飞行器，要经过多久的研发过程。十年、二十年、五十年……都有可能，也都发生过。很多人一辈子都在研究一样东西，有的弄出来了，有的没弄出来，说得残忍一点，弄出来的，光荣，弄不出来的，或许在他们自己看来，就是一生的碌碌无为。"孟新堂停了一会儿，眉间有稍许的变化，"沿小的爷爷就是后者。沿小正在做的，是她的爷爷到死都在念着的东西。"

沈识檐听得有些呆，半趴在桌子上直直地看着孟新堂。他的脑海中突然出现了一个头发花白的老头儿，看不清脸，但戴着花镜，颤抖着双手，眼角隐着泪。好像在他身边还站着一个小女孩，短短的头发，抱着一个小熊书包。

人与人之间的擦肩实在奇妙。很多年前的那个重症病房在他的脑海里褪了色，或哭泣或旁观的旁人也褪了色，只剩了那个临终的老人、大哭的小女孩，以及门外的他。

"所以，不管发生了什么事，不管谁离开了，该做的事儿必须做完。"

孟新堂又冲他晃了晃酒杯，他晕晕乎乎地举起来，跟孟新堂碰了一下。之后他却没有将酒杯递到唇边，而是又搁到了桌面上，这回整个人完全趴了下去。

孟新堂在这时忽然意识到，沈识檐的酒量大概并不好。

"你……"孟新堂也没喝那口酒，微微朝前倾了倾身子，看着沈识檐一眨一眨的眼睛问，"是不是喝多了？"

沈识檐蹭着胳膊摇头："没有。"

明明脸都有点儿红。

"你接着说……另一个原因呢？"

孟新堂也不知道今天他说的这些，沈识檐明天还会不会记得。不过，不记得了正好，他想，沈识檐应该是肆意的、浪漫的、理想化的，不该跟这些所谓的"现实""让人无力"的东西混在一起。

"因为我别无选择。"孟新堂伸手端过沈识檐的酒杯,将里面的酒尽数倒在了自己的酒杯里。

沈识檐反应有点慢,等孟新堂把他的酒杯又撂到了一边,才"嗯"了一声,两臂一张,下巴抵着桌子,皱着眉毛看着孟新堂说:"你偷我酒了。"

孟新堂实在忍不住笑,也不跟这个"雅酒鬼"纠缠,自顾自地接着刚才的话说。这些话他没说过,这是第一次,也是最后一次。

"这件事,说不上是谁的错,你说,是做出处理决定的领导不对吗,还是说上面的选择不对?都不是。一定要归咎,错误的源头是竞争,是搬不到明面上的阴谋诡计。就像我刚才说的,生来平庸,而且一个人只有这一生。每个人都是处在一个大环境下,没有什么人真的能以一己之力去力挽狂澜。就算是失望,也得背着,尽力好好地往下走。总不能觉得看到了一点世界的复杂,就愤世嫉俗。"

说完,孟新堂又将脑袋凑近了一些,笑着问:"还听得懂吗?"

沈识檐看着孟新堂点了点头,结果因为下巴搁在了桌子上,点头的过程并不顺畅,他就好像觉得很奇怪似的,眯着眼睛朝下看,看是什么在挡着他。

灯光把沈识檐的头发照得都很亮,额前的碎发已经搭上眼眉,阴影投在蒙眬的眼睛上。那双眼睛闪得越来越慢,最后,终于合成了很温柔的一条线。

孟新堂怔了怔,好一会儿,像被什么东西牵着,没什么意识地就抬起了手。

手离他黑黑的头发越来越近。

一直没动静的沈识檐忽然睁开眼,也抬起了头。

"你说的,我全部认同,"沈识檐好像忽然清醒了似的,直起了身子,还揉了揉有点酸的脖子,"真的,全部认同。而且我真的挺佩服你的。"

孟新堂有一点突然的慌乱,很快,假装镇定地收回了手,重新将胳膊撑在桌子上。

"哎,"沈识檐用手掌敲了敲自己的脑袋,"有点儿晕。"

沈识檐爱喝酒,但他喝酒有个很奇怪的现象。别人是要么不醉,要么一醉到底,他不是,他跟他爸一样,有时候一喝酒就突然上头,立马就晕乎,不过这阵晕来得快去得也快。他倒也不是回回都这样,偏偏今天让孟新堂赶上了。

"那不喝了。"孟新堂端起杯子来,想把自己杯里这点干了。

"杯中酒"的这说头,到哪个酒桌上都一样。沈识檐也跟着端杯子,一看自己的那只杯子放得离自己那么远,还愣了一下。等他拿起杯子,才觉得不对劲。

空的?

"欸?"

孟新堂没忍住,一点也不收敛地笑得浑身都颤。也不知道是刚才的沈识檐更醉,还是现在这个更醉。

14

那天孟新堂没回家,一是不知道沈识檐到底醉没醉,二是也确实晚了,不好打车。沈识檐带他到了东间,迷迷糊糊地给他都安排好,说了声"晚安",便打着哈欠转身离开了。

孟新堂站在原地打量着这间屋子,发现这大概是沈识檐小时候或者曾经睡的屋子,立时觉得仿佛一不小心,到了什么秘密基地。他意识到,他想看的沈识檐、他想探寻的属于沈识檐的过去,或许留了很多踪迹在这屋子里。

房间的灯很特别,不是摁动的开关,而是挂着铜铃一条拉绳,铜铃摇摇晃晃,垂到孟新堂膝盖的位置,是小孩子也能够到的高度。

墙壁上很干净,什么都没有贴,只挂着一幅水墨画。孟新堂走近了,站在画下去瞧。画上是一卷草席着了火,一家三口正扑火,周边是簇簇鲜花,头顶是皓然一轮月。

这是不小心点着了草席?

他研究过书法,所以很轻易地,识出了旁边的一行落款。

"乙亥中秋,识檐岁满十。"

中秋是沈识檐的生日吗?孟新堂在心里暗暗记了一笔。

"小儿始无赖,秉烛拟月光,盼庭内海棠开。未见花开,误绘一荡晚霞。遂今辰寄,愿童心不泯,岁岁照海棠。"

所以,十岁的沈识檐,会将蜡烛当作月亮去照映海棠花,结果不小心点着了一旁的草席吗?看着那画,孟新堂不自觉地开始想着,举着蜡烛的沈识檐会是什么样的神情,发现席子着了的沈识檐又会是什么样的神情。

原来这人从小时候起就这么浪漫。

"锦阮作于家中庭院,时旬在侧。"

接着往下读,孟新堂第一次接触到了这两个名字。

时旬,锦阮。孟新堂看着那行娟秀的小字,明白这大概便是沈识檐的父母。画里的男人大笑着,端着一盆水,但丝毫没有因这火着急的样子,女人只有一个背影,头发绾在脑后,耳边垂着的那一缕随风扬着,很温柔的样子。两个人,都很符合孟新堂的想象。

因为知道沈识檐的父母均已故去,孟新堂读完这行字,再看这幅画的时候,心里更加复杂了。有这样的父母,沈识檐的过去该比他想得还要诗情画意。

再看看四周,一张书桌、一个柜子、一张床,都是木头的。屋子里有一股很淡的清香,孟新堂摸不清来源,不知道是不是这些木头散发出来的。他凑近了书桌,去看小书架上摆着的书。有几本琵琶曲集、一本百科知识、两本人体结构,末端还有一本黑皮金字的《新英汉词典》。

这书有些眼熟,孟新堂想起来自己好像也有一本来着,是很古老的版本。

或许是因为找到了一点两人之间的共同点,孟新堂产生了兴趣,伸手拿起那本词典。可还没来得及翻开,一阵铃声就钻到他的耳朵里，叫停了他的动作。声音不大，孟新堂判断出是沈识檐吃饭时放在厅内的手机在响。

铃声响了好一阵。

他将手中的词典放回去，转身往门口走去。等了一会儿依然不见有人接，他便出门去了前厅，路上瞟了一眼沈识檐睡的屋子，房门紧紧闭着，估计人已经睡熟了，根本没听见这外头的声响。他四处寻了寻，发现了一旁柜子上的手机。

拿起手机的时候铃声已经没了，未接来电显示有两个，来自同一个陌生的手机号码。

孟新堂不打算去叫醒沈识檐，将手机重新放回了桌子上。可它刚消停没几秒，又响了铃。孟新堂见这誓不罢休的气势，猜测是医院临时有要紧事情。

斟酌片刻，他重新将手机握在手里，走到了沈识檐的房门前。他已经抬起手，刚要敲门，屏幕上却突然显示了一条短信。孟新堂并没有要偷看的意思，只是如今的智能手机太体贴，短信内容就这么躺在屏幕上，要了解，不过匆匆扫一眼的事。

他在不小心瞄了一眼以后很快就将眼挪开，略一沉吟，心想：这是曾经给沈识檐写了一个并不美好的故事的人，今天在婚礼上见了，还不依不饶，想回到过去？

脚步又沿着来时的路铺了回去，手机在孟新堂的手里打了个转，发出很轻微的一声响，重新与红木的桌面贴合，在那之前，还被调成了静音。

回哪门子的过去？

被一条短信搅了欣赏的心情，回屋后，孟新堂躺在床上，拿着手机没什么目的地随意点着。看了看时间，十一点二十分，他对着微信列表犹豫半响，点开了江沿小的头像。

一条消息打完，孟新堂才觉得自己啰唆，又删删减减了一会儿，内容却依然不少。

"如果要待到过年的话，一定要多带厚衣服。我曾经冬天在那边待过，穿了三件毛衣、两件羽绒服、一件军大衣，依然很冷。防晒物品也要带，其他的，帽子、口罩、手套，我想到了什么再告诉你。还有，不要不把辐射当回事，一定要穿防护服。"

点了"发送"，孟新堂就将手臂枕在脑袋下面，静静地闭眼待着。事情发生到现在，他由愤怒到平静，其实已经很少再去思考这件事的前因后果。但今天和沈识檐聊了，引得他不免多想、多担心。

没一会儿，手机振了一下，是江沿小的回复。

"都记住了，叔叔放心。"

后面配了个笑脸，有点像平时没心没肺的江沿小。

孟新堂想再敲两句话，却又觉得无从说起。他并不喜说教，因为觉得，事理事理，一个人明白的理，不是从说教中就能领悟的。况且，每个人正在过的人生、想要过的人生都不同，他亦不想将自己的观念加到别人身上。于没有经历过什么世故的江沿小而言，长大和经历，以及各种"观"的建立，都需要她自己来，他至多给她几句引导，以及她需要的帮助。

最终，孟新堂只回了一个"好"字，说有事随时找他。

退出聊天框，他随手刷了刷朋友圈。孟新堂自己的朋友圈是一片空白，别人发的东西他也不常看，只是如果哪天碰巧了，又得空，就瞅一眼。

今天也不知道是不是因为喝了点小酒，他躺在沈识檐家的床上，在大脑的一片空白之后，编辑了第一条朋友圈。

"2001年，曾有一位外国教授邀请前辈到国外去做民用，前辈在拒绝时说了一句话：'科学没有国界，但科学家有祖国。'"

也不是为了伸张什么，呐喊什么，只是如果不把相信的东西说出来，他怕有一天，大家都忘了。若再说得伟大些，他不想让赤子寒了心。

他很快收获了一些点赞，有个师弟还评论了，大意是大家都还在加班，让他快回去解救他们。

半夜，孟新堂是在听到一阵窸窸窣窣的动静后醒来的。他半睁着眼睛，在黑暗中缓了缓神，听到有什么东西展开的声音，还有雨声。

下雨了吗？那该算最后一场夏雨，还是第一场秋雨？

掀开薄被，他下了床，到窗边挑起了低垂的窗帘。

孟新堂这间房正对着侧边的厨房，一眼入目的，是一盏壁灯，灯光古旧泛黄，像从远古照来般微弱。

确实下了雨，雨幕将视野切割成一条条棱块，细细小小的，拼接起来，显出个人影，穿着白T恤、黑短裤，被雨水浇着，正在搬动着遮雨棚的支架。

孟新堂这才留意到那些被雨打着的花。

他赶紧转身出了门。

15

秋雨入夜,惊得一院芳香四起,两盆开着花的夜来香被雨水啄得不住点头。

"夜来香耐旱、耐瘠,但不耐涝、不耐寒。夏季可以放在室外养,多浇点水。等入了秋,天儿凉了,要搬到屋里面去,盆里的土保持湿润就可以,千万不能浇涝了。"

"那怎么算入秋?怎么算天儿凉了?"

"过了你生日吧,过了你生日,就搬到屋里面去。"

沈识檐撒开手里的支架,抱起那两盆花冲到了侧边的屋子里。

"识檐。"

刚放下花盆,就听得一声唤,他回头,看到了站在门口的孟新堂。

"吵醒你了吗?"话说着,沈识檐脚下也没停,快步越过孟新堂,重新步入了雨幕中,"我忘了今天可能下雨,花都没搬。"

沈识檐浑身都已经湿了,薄薄的睡衣被雨锁在身上,头发贴在额头上,引着雨水往下流。

"没有,听见雨声起来的。"孟新堂说。

沈识檐正将另一侧的花棚撑开,两只手举着金属架杆,一边肩膀帮着抵着。

"我来。"

在沈识檐没察觉到的时候,孟新堂便已经搭上了手。论身形,沈识檐要比孟新堂矮一点、瘦一点,所以有了孟新堂这个帮手,沈识檐自己都没怎么使劲儿,就抬起了支架这头。

接下来的挡雨动作进行得很顺利,两个人连一句对话都没有,沈识檐的手搭在哪儿,孟新堂好像自然就知道自己的手该把着哪儿,他小心地绕开脚下的花,到了院子另一侧。

把院子两边的支架都架好,沈识檐又在花丛里转了一圈,搬了一盆禁不住冷的花到屋子里。

"这盆也要搬吧?"孟新堂立马指着一盆一样的问。

"嗯,麻烦你。"

该弄的弄完,该安顿的安顿好,孟新堂的身上也湿得差不多了。他站在花房里,滴着水,看着同样湿淋淋的沈识檐耐心地蹲在地上检查各个花盆里的水量。

"还好,雨不大,明天不浇水就可以了。"沈识檐小声嘟囔完,没什么意识地抬手揉了揉肩膀。

刚才有些着急,没用对姿势,他好像又累了肩膀。

沈识檐就蹲在孟新堂身前不到半臂的位置,只需要微微抬手,孟新堂就可以按到他的肩。

只是眼睫微动,孟新堂的手终是没有动。

"去洗个澡吧,"沈识檐突然起身,回头指了指他的身上,"都湿了,现在天儿开始凉了,容易感冒。"

孟新堂却是一怔,吸了吸鼻子里溜进来的香气,答非所问地说道:"你身上怎么这么香?"

刚才他蹲着的时候没觉得，这一动作，像是带得身上的香味也跟着窜动了。

沈识檐抬起胳膊闻了闻，没闻出来。他看了看四周，指着那两盆夜来香道："估计是因为刚搬它们俩的时候跑了两步，香味儿跟到了身上。"

一阵雨倒像是把沈识檐的酒浇醒了，他想起刚才喝完酒晕乎乎的，连洗漱用品都没给孟新堂找，连声笑说自己刚才有点晕。他推着孟新堂往外走，花房倒是有把伞，不过反正也全湿了，也不值得打了。两人干脆一路小跑，进了屋。

沈识檐是说让孟新堂先洗，但孟新堂念着沈识檐的肩伤，怕他受了寒再疼，便说自己先去煮个姜茶，反正到厨房还要出去，不如回来再洗。

沈识檐又给他找了一身衣服，等他洗完澡出来，看到湿着头发的沈识檐正在柜子里翻找着什么。他擦了两下头发，将毛巾搭在脖子上，给沈识檐倒了一杯姜茶。

"在找什么？先来把这个喝了，免得真着了凉。"

"找膏药，我记得还有两片来着啊……"沈识檐听到声音回过头，看向了孟新堂，这一看便有点挪不开眼。

孟新堂穿的是他早前买大了的一身运动衣，白色的上衣，灰色带白杠的长裤，明明是这么随意的一身，穿在孟新堂身上却显得特别挺拔。而且这跟孟新堂平日的穿衣风格大不相同，沈识檐看得新鲜，还觉得这会儿的孟新堂年轻了不少。

孟新堂看他不动，直接将杯子给他端了过去，递给他，接着有些担心地蹙眉问："找膏药干吗？肩膀还在疼吗？"

"刚有点疼。"

说着，沈识檐喝了姜茶，从橱柜里拎出一个大袋子，搁在桌子上往里掏着找，终于在一个白色的小塑封袋里，翻到了剩余的两贴膏药。

沈识檐手指摁的地方是在肩头靠后，他自己是看不着的，便进到里屋，站到了穿衣镜前。孟新堂也跟了进来。

他将毛巾搭在衣架上，走到沈识檐身边说："我帮你。"

沈识檐刚对着镜子扯了扯衣领，这件睡衣的衣领有些小，得脱了衣服贴。

他回头看了看孟新堂，有点不知道回什么话好。

孟新堂却以为他是没听清，所以没做出反应，便又将刚才的话解释了一遍。

"我说我帮你，你自己应该不方便，你摁摁，告诉我哪儿疼，我帮你贴。"

"帮是可以，"沈识檐回道，"不过我这衣领太小，扯不开，得脱了衣服。"

孟新堂点点头："嗯，脱吧。"说着，便把沈识檐手里的膏药抽了过来。

两个人对视了两秒，沈识檐一挑眉毛，转过身去爽快地把上衣脱了下来，赤裸的上身填满了整面镜子。"这里是中心。"沈识檐对着镜子，手上摁了两下。白晃晃的光照下来，像加了一层滤镜，将沈识檐的指甲盖照成了很浅的粉色，手指压下去的时候，因着那一股力道，指尖变白，再抬起，恢复淡粉。

孟新堂万没想到自己有一天会对着一排指甲盖出神。

他清了一下嗓子，将膏药揭下来，在下手之前想最后确认一下，便拎着膏药，另一只手轻轻碰了碰沈识檐刚才碰的地方："这里对吧？"

手都碰到了，才觉得不对劲，他猛地向前看去，正好与镜中的沈识檐对上目光。沈识檐抿抿唇，朝他点了点头："是。"

没说什么，孟新堂暗暗将手指挪了下来。

沈识檐看着镜中低眉敛目的人，感觉到孟新堂在贴好膏药之后，将手掌覆在他的肩头，把膏药压实。

"家里有没有暖水袋？热敷一下吧。"孟新堂将揭下来的纸扔到一旁的纸篓里，问道。

沈识檐被刚才触碰扯了神，闻言，随意地点了点头。

"灌水的还是用电的？"

"灌水的。"

孟新堂于是说："那我去给你烧点热水。"

说完，他将沈识檐随手扔在椅子上的上衣递给他，叮嘱道："赶紧穿上衣服，小心着凉。"

沈识檐接过衣服，攥在手里没有动弹。他看着孟新堂朝外走的背影，饶有趣味地，偏了一下头。

"孟新堂。"

沈识檐开口叫了一声，在孟新堂刚要跨出这间屋子的时候。

孟新堂停住，回过身。

"怎么？"

沈识檐朝前走两步，依旧没穿上衣，坦坦荡荡地到了孟新堂的面前。他只需稍微上调一点目光，就可以与孟新堂的眼睛对上。

孟新堂的眼睛很有魅力，不是他虚夸，而是很多时候，他都能在这双眼睛里看到一种沉静的人生。沈识檐没见过这样的眼睛，好像别人的一切他都能包容，这个世界的一切他都能接受。

但刚才镜中的那个眼神，他更加没见过，也不知道该如何理解。

"你以后，会成家吗？"

窗外的雨没停，雨声涮着黑夜，显得这夜没那么静，没那么空。

孟新堂沉默，没有立刻给出答案。

沈识檐便又问了一个问题，但这次更像是自言自语，像是适应了孟新堂的沉默之后，不再等待回答的样子。

"就像你曾经问我的一样，那你会喜欢什么样的人呢？"

后来的孟新堂想，若是他再年轻一些、不管不顾一些，抑或是，他自己没那么多顾虑，在沈识檐这个问题抛出来之后，他一定会给出心中那一个确切的答案。可偏偏，他们都在相遇之前，已经见过了那么多世事，学了那么多克制与取舍，有了各自想要到达的远方。

"如果一生能找到一个爱人，已经很不容易，我不想为这份爱、这个人做出任何的预设。"

沈识檐拎着衣服的手晃了两下，一咧嘴，笑了，拖着长音说："啊，这样。"

都是有分寸的人，一点猜测，万不可挑明。

已经是凌晨三点，却谁都没提睡。

孟新堂烧了水，灌好暖水袋回来，看到沈识檐正坐在前厅的椅子上滑着手机。

他过去，没容沈识檐接过暖水袋，直接将裹着层薄毛巾的暖水袋敷在了沈识檐的肩头。沈识檐似是愣了一下，才抬头看向他。

"刚才忘了告诉你，你手机响来着，我看你睡得熟，没叫你。"孟新堂低着头，很认真地帮沈识檐热敷。水温不低，他不敢一直停在一个地方，就一起一落，防着烫到沈识檐。

"嗯，"沈识檐说，"我看到了。"

想起那条短信的内容,孟新堂突然有些想知道,以沈识檐的性格,会如何回复那位朋友。

"在犹豫着要不要把手机拿给你的时候,我不小心瞥到了那条消息。"孟新堂觉得,窥探隐私,即使是无意,也该道个歉,"抱歉。"

沈识檐停下手中的动作,很认真地看着孟新堂。第一次,有人因为无意看了自己的手机,跟自己道歉。

"看着我干吗?"孟新堂问。

沈识檐懒懒散散地笑了出来,睨着他道:"我在想,你的原则性到底有多强,你对自己的道德要求到底有多高。"

孟新堂低头看着他,闭了闭眼睛。心绪本就被刚才那两个突然的问题搅得很乱,他现在很想用手去挡一挡沈识檐的眼睛——他最受不了这人这么笑着看他。

在他想重新凝神在热敷这件事上时,沈识檐却突然又开了口。

"我和他以前,是很好的朋友,你想知道我和他是为什么不再来往的吗?"

读心术?孟新堂怀疑。

但他踌躇几秒,还是诚实地说:"想。"

"如果说得戏剧一些,是背叛,但如果说得再严谨些,是我们对背叛的定义不同。他做了一些事,伤害了他以前的女朋友——也是我的另一个好朋友。更可怕的是,他并不觉得自己做错了,他认为他不过是做了所有男人都会做的选择罢了。"

没管这话带给孟新堂的惊诧,沈识檐转着手机继续说:"在我看来,朋友之间观念可以不同,或者说,大家一定是有某些观念是不一致的,可人既然有思想,就该有底线。他后来跟我说,没有哪个男的能够在面对诱惑时没有反应,我不信。现在我觉得,你就是他说'没有'的那种人,情欲、物欲,你该是都看不上眼。"

在这一晚,孟新堂终于知道了沈识檐要找的是什么样的人。
后悔只是一瞬间的事情,他还从没体会过这样的进退两难。
很久,他的声音才响了起来。
"识檐,我能问你一个问题吗?"
"什么?"
"你理想中的朋友,是什么样的?"
就是这个问题,让沈识檐确定了孟新堂的想法。一样东西,如果有一个人郑重其事地问你想要的是什么样子的,那他一定想过要给你。

两个明白人聊天会很轻松,只要彼此坦白。但此刻的沈识檐突然有些不轻松,有些患得患失,尽管最终还是从了自己的心,但不能否认他刚刚有一瞬间期待过、害怕过,期待他说的孟新堂正好能给,害怕他说的孟新堂正好不能给。他可以说一个囫囵的答案,去包括所有的感情,但那样的话,他哪里还是沈识檐。

"三观合,彼此信任,相依相伴。"沈识檐笑了一声,"其实也没什么特别的,大家该忙工作忙工作,没事儿的话吃完饭一起遛个弯,赏个花,听个曲儿,偶尔出去玩一玩,看看风景。或许我会经历很多的无可奈何,但我希望我们之间尽量不要有。"

停顿了很久,沈识檐才补充了一句。
"其实他有一句话没说错,我太理想化。"
很多次没有结果的寻寻觅觅,都是以一句"理想化"的自我宽慰而告终。

和沈识檐认识这么久,孟新堂从未觉得他孤独。若要问孟新堂对沈识檐的印象,脑海中先蹦出来的几个词,一定是"坚定""悠然"。

可就是沈识檐最后的这一句话，让孟新堂忽然明白，沈识檐是需要陪伴的。

孟新堂很想用蜷起的手指去碰一碰他近在咫尺的肩膀，告诉他自己来做那个他寻找的友人。可在那之后呢，他可以做到沈识檐说的那些吗？

他不希望沈识檐在将他当成最亲近的人之后却总也见不到他、找不到他。

他开不了口。

叁 旧伤

——有时候我会想,我父亲在闭上眼睛之前,在想什么。

——我猜,他在想你的妈妈和你。

16

　　沈识檐醒来的时候脑袋昏沉,眼前也不甚清明,都已经将被子蒙上脑袋,准备接着睡,才回想起了昨夜,以及还在家里的孟新堂。

　　他睡觉常不拉窗帘,这样院里亮了、起风了、落雨了,他都能看得更清楚一些。

　　眼镜按照习惯被放在了窗边的桌子上,沈识檐揉着眼睛走过去,手指尖刚碰到微凉的眼镜架,余光就瞥见了院子里的那道人影。

　　孟新堂本正欣赏着两只在地上啄食的鸟儿,听见后方掀帘的动静,回了头。

　　"醒了?"

　　"嗯,你起这么早?"

　　沈识檐答了这一句,走到他身边。

　　"习惯早起。"孟新堂说完,注意到今天的沈识檐有点不一样,他抬手轻点了点自己的眼镜,说,"你今天没戴眼镜。"

　　沈识檐木了一下,脑袋转得有点慢,他分明记得自己刚才是走到了眼镜旁边的。

　　"啊,忘了。"

往常的沈识檐，鼻梁上总压着一副眼镜，今天没了，线条似乎更明显了，眼睛没了那层遮挡，好像也更加秀亮。孟新堂这么看着，想到哪里便说到了哪里。

"其实你不戴眼镜也很好看。"

也不知是不是因为昨晚那段各怀心事的对话，这句话落了之后，两个人之间的空气突然就静了下去。沈识檐将手插在兜里，有些发笑地看着远方，终于体会到传说中"冷场"的滋味。

他笑了一声，偏头问孟新堂："这就叫'尴尬'了吧？"

正想着话题的孟新堂被他这么一问，立时也笑了："我的错。"

沈识檐笑着摇了摇头，没说什么别的。而因为他方才这一调笑般的挑明，两个人好像都恢复了从前相处时的轻松。

那两只鸟儿飞走了，拽着沈识檐的目光，扑棱棱地一头扎进了天空深处。

"肩膀还疼吗？"孟新堂关心地问。

沈识檐很认真地摁着肩膀转了一圈，摇头："没事儿了。"

"不疼了就好。"孟新堂说，"既然有旧伤，以后要小心一点，别再磕到碰到，也别受凉。"

刚刚沈识檐没醒的时候，孟新堂站在这里回想起那日那位医生的话，忽然觉得有些后怕，虽是句带着威胁的玩笑话，但担心得完全在理。一个胸外科医生的肩膀要是真的落下什么严重的病根，便是真的再拿不了手术刀了。

沈识檐听着孟新堂这话，倒觉得像是他们两个人中，孟新堂才是医生。想着有趣，但没表现出来，他郑重其事地点了点头，完全接受了孟新堂的这一份好意。

孟新堂要去单位，没吃早饭就走了，临走，还给沈识檐换上了第二贴膏药。

沈识檐送孟新堂上了出租车，伴着晨光，慢悠悠地溜达回来，在胡同口的花店买了一枝太阳花。路过胡同里的早点摊，想起很久没关照这家阿姨的生意了，他就又停下来买了两根油条、一杯豆浆。

他搬了个小板凳坐在院子门口，把屋里那台有些年头的收音机拎出来，搁在身边，开始吃油条。也不知道是油条的香味还是收音机里播放的早间歌曲，引来了经常在附近转悠的那两只野猫。两只猫走着弧线兜到他脚边，一只活泼点的冲他"喵"了一声，另一只还是死不开口的老样子，卧在一旁看着他。

沈识檐逗着它们玩了一会儿，观察了它们的胖瘦情况，便起身到屋里去找火腿肠。到了屋里，他才发现昨晚没收拾的饭桌都被孟新堂收拾干净了。再寻到厨房里，果不其然，他看到了一摞洗得干干净净的盘子和碗。

这人到底睡没睡觉？

沈识檐再一打眼，看见案桌上扣着一个不锈钢盆，上面还贴着一张字条。

"没找到保鲜膜。剩下的鱼不多，但倒掉可惜，上次看到周围有流浪猫，可以喂它们，当然，你还想吃的话自己吃也可以，但我担心你不会加热。"

沈识檐扯下那张字条，看了半晌，一伸手，贴在了墙上，临走又不放心地在字条上压了两下。

他连着鱼和火腿肠一起端给了那两只猫，看到它们试探性地往前凑着闻闻，又瞄了他一眼，随即迈了步子，放心地站到盘子旁边吃。

沈识檐坐在它俩旁边，喝着豆浆问它俩："凉吗？"

没有猫吱声。

沈识檐又问:"好吃吗?"

还是没猫吱声。

沈识檐叹了口气,伸开两条腿,一个人对着空荡荡的巷子把豆浆杯吸得"咔咔"作响,惊得两只猫抬头呆看了他半天。

早间音乐频道的节目播完了,沈识檐换到新闻频道。

约莫八点半的时候,沈识檐准时听见了隔壁老顾在那儿吊嗓子,他一乐,跑屋里拎上了那两个小酒瓶。

老顾给他开门的时候贼兮兮的,扒开个门缝,顶着老花镜小声问:"给我留了没有?"

沈识檐举高了手,晃了晃。两个酒瓶被晃得不住地往一块儿碰,发出一下下清脆的声响。老顾赶紧俩手一搂酒瓶,瞪了沈识檐一眼:"你小点儿声!"

沈识檐笑着撒了手,坏心眼儿都写在了脸上。

老顾一手攥了两个酒瓶的脖子,同时将两个塞子都扯了下去,猫着往里看了一眼,立马不高兴了。

"你怎么就给我留了这么一口?你喝我两瓶酒,就给我留了这么一口!"

沈识檐跟他对视半晌,一挪眼,透过门缝看着里屋张嘴就要喊:"桂……"

"哎,"老顾慌忙抬手挡他,"别喊别喊,够够够,够了够了。"

沈识檐于是闭了嘴,收了声,看着老顾一边嘟囔一边很珍惜地抿了那么一小口,还眯着眼一个劲儿地咂摸。

"你这身子不能喝酒,"沈识檐劝道,"桂花奶奶管你是对的,我也不能老偷着帮你干坏事儿,以后再给你留也就这么多了。"

老顾不甘心，狠蹙着眉毛反驳："以前还两口呢，你不能越来越少啊。"

"你年纪还越来越大了呢，别拿病不当病，以后再没两口了啊。"

沈识檐这话说得很决绝，在老顾看来一点儿都不像平时陪着他唱戏的那个小年轻。老顾有点委屈，还想给自己争取点什么，没想到沈识檐直接威胁："你要是不听话，我以后都不找你来拿酒了，桂花奶奶只给我酒，我要不来了，你可一口都喝不着了。"

一听这话，老顾蔫儿了，心想得了，有一口总比一口都没有强。

"一口就一口，我分成三口喝。"

老顾举起酒瓶要喝一大口，屋子那边忽然传来一声喝："老顾！你又偷喝酒是不是？！"

这声呵斥把门口的两人都吓了一跳，沈识檐一个激灵，眼看着老顾吓得把刚进口的酒都咳了出来，自己都跟着心疼。

老顾被酒呛着，咳得厉害，沈识檐赶紧给他拍着后背。就这样，老顾都没忘了把手里还剩那么一点点的酒递到沈识檐的手里，免得咳着咳着把这点也抖没了。

等好点了，小老头儿看着地上的湿印子不停地"哎哎哎"。

"我这就喝了半口……"

沈识檐特别不厚道地攥着俩小酒瓶笑，最后看着那张褶子更多了的脸，还是有点不忍心："下次再给你留。"

老顾为这一口酒盼了一晚上，失落的心情不是沈识檐这么一句虚虚的口头承诺就能弥补的。

"你那朋友，什么时候再来？下礼拜来不来？"他追问。哪天来，总得给他个盼头吧。

"应该……不来吧。"

"那什么时候来?"

沈识檐心说:我哪儿知道?

两人面面相觑,老顾见他不说话,催他:"问你呢啊。"

"这我哪儿知道?"

这是大实话,沈识檐回了家,蹲在院子里还想,昨天的平鱼和虾仁还真都挺好吃的。酒也香,人也醉,就是人与人之间的感情这个东西吧,忒金贵,也忒磨人。

他没忍住,从屋里翻了包不知道已经打开了多久的烟,叼在嘴里都没了滋味,跟叼着一捆枯草似的。

17

许言午马上就要研究生毕业，会有一场毕业演奏会。许言午早早就通知了沈识檐时间，拿到票以后便联系沈识檐问他什么时候在家，说给他送过来。

"我刚休完假，你演奏会是几号？"

"九号。"

沈识檐一看日历，九号之前自己还真没有休息的时间，正犹豫的工夫，那边许言午便开了口。

"周末我把票给你送医院去吧。"

沈识檐没想到许言午会这么说，毕竟这么多年，许言午对医院的抵触情绪一直都没消，偶尔生个病都是跑到他家去等他。

放下电话以后，他心头一叹，孩子终于长大了。

"沈医生，十七床的手术该去准备了。"

"就来。"

孟新堂捏着手里那张中草药配方，皱着眉毛问组里的大哥："这个能管用吗？"

"肯定管用啊，我能忽悠你吗？"大哥正校着图，头也不抬地说，"我媳妇就是拿这个药方敷好的，济南最有名的老中医，靠谱。"

孟新堂想了想，觉得也成，外敷的中药，应该不会有什么副作用，把这个东西给沈识檐，用不用，他自己掂量着来。

他给沈识檐拍了张照片发过去，问沈识檐觉得这个药方可不可行，不过等了半天沈识檐也没回复。

"哎，新堂，你现在要是没事儿的话去厂房帮我盯着点呗，我得去二十四所，那边做实验呢，估计今天又得干到两点。"

"厂房在干吗呢？"

"大肖他们那套设备验收。"

孟新堂看了看今天的日期，说："不行，我们这帮人的审查期还没过，没去厂房的权限。"

那大哥听了，嘟囔一声："你说折腾什么啊？也不看看咱们一共多少人，还大换血。"

两个人正说着，电话响了，那大哥接起来："主任，找孟新堂的。"孟新堂接了电话，看见对面的大哥朝他做了个口型："来活儿了吧。"

等孟新堂晚上做完今天的剪报，沈识檐的消息才回了过来。

"中药我不大懂，以前倒是用过一阵，可能会有点用吧。不过我的肩膀真的没事了，不必挂心。"

孟新堂对着屏幕上的消息沉思了一会儿，决定趁着还没忙起来，周末帮他抓几服送过去，还得再研究研究有没有提前煎出来再保存的方法。那人虽是医生，但应该不会这煎中药的实际操作吧。

许言午不知道多少年没进过医院了，刚进来，就立刻屏住了呼吸，不想闻那让他不舒服的气味。

胸外科在四楼，路过电梯的时候许言午扫了一眼，看到几个人正推着一个神志已经不太清楚的老人进去。推轮椅的男人正歪头说着话，估计没留意手上，轮椅偏了方向，电梯里负责按楼层的女人赶紧嚷他一声，提醒他别磕着病人。

那男人回头，低声咒骂了一句什么，很不耐烦地歪了歪手里的轮椅。

许言午看着，深深地吸一口气，直奔着楼梯去了。

他找了半天才找着挂着沈识檐名字的屋子，敲门进去，里面却只有一个年轻医生。年轻医生抬头看见他，问："你是沈医生的弟弟吧？他刚刚去做手术了，估计时间不短，他说你给他撂下东西就可以先走了。"

许言午觉得奇怪，沈识檐不是说今天没手术吗？

他从包里掏出本书，又翻出夹在里面的门票，把票用书压在了沈识檐的桌子上。许言午想了想又问："我能在这儿等他吗？"

"可以啊，"年轻医生起身给他倒了杯水，"就是手术时间可能真的有点长。"

许言午想的却是，他也好久没见着沈识檐了，这会儿五点半，等沈识檐做完手术下了班，正好一起去吃个饭，晚点也无所谓，当吃夜宵了。他找了个座坐下来，掏出手机看了看快没电了，便干脆翻着来时夹票的那本书开始背谱子玩，倒也不是背，是温习。

《春江花月夜》他刚默背到"欸乃归舟"，办公室的门就被推开了。来人是个已经上了年纪的医生，没进门，站在门口问里面的年轻医生："小沈做的是二十二床的手术？"

年轻医生翻了翻桌上的一个小本子，站起来说："嗯，二十二床的那个老大爷，上次手术做完都快好了，结果今天早上不知道怎么又疼起来了，检查了半天多，下午恶化得厉害，都快喘不上气了，眼看着都……沈医生做完上午那台手术看了看，说很危险了，没办法，还是得开刀。"

许言午看着门口那医生，觉得他脸色不太好，正琢磨着，就听见他骂了一声："猴崽子，胆儿真大。"

听见这话，许言午心里有点沉。

"他怎么了？"顾不得打招呼，许言午站起来直接问，"手术有什么问题吗？"

上年纪的医生被这突然蹿出来的人弄得一愣，没反应过来。

许言午追问："到底有什么问题？"

毕竟是医院里的事儿，一般情况下都不宣扬，上年纪的医生顿了顿，问道："你是谁？"

"我是他弟弟，我叫许言午。"许言午也不问到底是因为什么了，转头问年轻医生："手术室在哪儿？"

年轻医生明显看着有点儿蒙，但还是立刻回答说："五楼，电梯出来左转走到头……"

话没说完，年轻医生就看见刚才安安静静看着书的青年已经冲了出去。

门口的医生看着他消失的背影，不停地回想着"许言午"这个名字，觉得好像在哪儿听过。

"主任，到底怎么回事啊？"年轻医生也觉得不对，问道，"有什么问题吗？"

"哦，你也别忙了，跟我上去看一眼，刚护士长告诉我，护工说今天打扫的时候，在床底下发现了维生素片，怀疑他们根本没给老人吃药，是拿维生素片替的。"

年轻的医生愣住:"可是上午……他们挺着急的……"

"着急个头,榨干老人的最后一滴血,开始的目的我不敢说,后来他们就是奔着讹钱来的。"

两个人出了办公室,一起往楼梯间走,年轻医生一直沉默着没说话,眉毛皱得厉害。老主任以为他是在为刚得知的事情震惊,念着他还小,怕给他造成什么阴影,边走边开导了两句。

"在医院,什么事都可能见到,别觉得残忍,以后你就明白了。虽然不能把人想得太坏,但也不能把人想得太好。"

"不是,主任,"年轻医生摇了摇头,声音中充满了不确定,"其实我是在想,沈医生真的看不出来病人是因为停了药病情才恶化的吗?"

脚步匆匆,在这样紧赶慢赶的慌乱中,谁也没办法真的冷静下来去分析事情。老主任当了这么多年的医生,已经见过不少这种让人寒心的事,而每当到了这个时候,他心里都只会重复一句话:只要手术成功就好。

"只要手术成功,就没事。"

可下半句不好的后果还没在老主任的脑袋里想全,他们就已经听到了手术室门口的纷乱。年轻的医生心里咯噔一下,立马加快了脚步。他太着急,没留意前方,撞上了一个很高的男人。

"抱歉。"他连忙说,膝盖感受到了一阵温热,是一大袋子的中药包。

"许言午!"

年轻的医生忽然听到沈识檐的一声大喝,正要跑起来,却看到身边的男人先他一步冲了出去。

孟新堂刚才还不确定楼梯上那个闪过的人影是许言午,但看着像，就跟了上来，没想到走到这儿就听到了沈识檐的声音。

"你们赔我爸的命！"

孟新堂在听到沈识檐的那一声喝之后，就已经心知不好，可现场比他想象中混乱很多，他见过医闹的新闻，上次也在医院经历过不算严重的医闹，此刻他胆战心惊，也不知道为什么，那个男人的手里会拿着一把水果刀。

沈识檐还穿着手术衣，口罩也没摘下来，皱着眉沉默地与面前的那帮人对峙着。沈识檐左手拽着许言午，将他挡在身后，不让红着脸的青年靠前。

"先生，您冷静一点，听我说，刚才我已经向您说明情况了，我们已经询问了相关人员，也调了监控，病人并没有按照我们医生的处方服用后续治疗的药物。在做这次手术之前，我们也已经将手术性质、可能出现的后果跟家属说了，这位女士也签了字，您不能这样闹。"

"我闹？我爸都死在手术台上了你说我闹？我姐什么都不知道你让她签！这不是明摆着欺负我们吗？！别的我不管，我爸死在里面了，上次手术做完你们说了很成功的，这又算怎么回事？你们就是草菅人命。"

孟新堂管不得别人，将手里的东西扔在一边，向着沈识檐冲了过去。此时他竟然只剩了一个念头，不管怎样，他必须站到沈识檐身边。

谁知那个男人在混乱中突然回了头，看到跑来的几个人，脸上的表情立马变了，疯了一样地喊："你们仗着人多想打架是不是？我告诉你们不把钱赔了我告死你们！我们这是一条命！"

男人手里的刀子一直胡乱地挥舞着，后面跟着的家里人也失了理智一般一股脑儿地跟着冲了上来，有个妇女一边哭着一边去拦他们，却马上被几个男人推到了一边。

谁也不知道那刀子最后扎在了哪儿，几个护士只看到了被刀子带起来的血，瞬间尖叫了起来。

沈识檐一直身在混乱的中央，死死地拽着许言午不让许言午到前面去，他只觉得那个男人的脸刚朝自己压过来的时候，忽然被一道熟悉的身影隔开，紧接着，就是那一声尖叫。

还是见了血。

许言午终于挣脱了沈识檐，沈识檐还听见他怒极了不管不顾的叫骂声。他看到许言午像只发了疯的猛兽冲向了那堆人，而自己的脑袋里嗡嗡作响，竟然又看到了母亲那张流着泪的脸。

老主任没能上得去前，可这一声声充斥着愤怒的叫骂、呼喊，让他终于把脑袋里"许言午"这个名字跟记忆中的人对上了号。

得有十年了吧，十年前，这个叫"言午"的少年，也骂过、喊过，不仅如此，还流了满脸的鼻血和泪。

那天，沈时旬去世。

18

血腥味，还有此起彼伏的叫嚷怒骂声。

回想曾经的历次抢救，溅得满脸、满身都是血的时候也常有，沈识檐却都没有过现在这种被鲜血的味道冲了鼻子的感觉。

最后是保安赶上来，连喝带扯地把那拨人拉开了。许言午还在揪着那个拿刀的男人打，沈识檐使了劲儿，搂着他的上身才把他从打发了疯的状态中拉了出来。抱着他往后退的时候，沈识檐还能听到怀中许言午粗重又压抑的喘息声。

周遭太过纷杂，呼喊声、隐约的啜泣声，还有大声斥责的声音混在一起，乱得沈识檐的心麻。他的手臂使足了劲儿去收紧，不停地对怀里的许言午说："言午，冷静一点。"

一直被人挤着，沈识檐不知道孟新堂怎么样了，有没有碰到伤口，等许言午平静下来，咬着牙挣开了他，他才赶忙回头去寻受了伤的孟新堂，刚回过身，手臂就被人握住，鼻梁上在冲突中滑落了一些的眼镜也被轻轻地推回到了原来的位置。

"没事吗？"

看清了面前人关切的眼神，又看了看他小臂上血浸了衣服的伤口，沈识檐一只手掐上他的胳膊，皱眉回道："该我问这个问题吧？"

"没关系，"像是要证明似的，孟新堂摆了摆臂，"不严重，只是皮外伤。"

其实刚才孟新堂在看到那个男人拿着刀子挥向沈识檐的时候立马用胳膊顶了他的手腕，只是那个男人挥刀子时毫无章法，又狂躁异常，收手的时候仍是伤了孟新堂去挡他的小臂。

"不要乱动。"沈识檐一把攥住这个不老实的人。他把孟新堂拉到一边，小心地掀开被划破了的衣服检查了一番，确认伤口真的不深之后才抬头说："我带你去处理伤口。"

"你怎么会过来？"办公室里，沈识檐边给孟新堂的伤口消毒边问。

"今天正好有空，给你抓了那服中药，煎好了想给你，但是没有联系到你，便来医院找一找。"

说起来也是有几分庆幸，其实孟新堂明天也没有事，按理说，本可以等一等沈识檐的回复，明天再找个时间给沈识檐。但今天下午他也不知道怎么回事，就是坐不住了，想过来找沈识檐。

"抱歉，连累你了。"

孟新堂立即摇头，低声说："没有的事。"

沈识檐的动作很轻，有条不紊地给他做了消毒，上了药。看到他低头扎绷带，孟新堂想起了那日在琴行里，他翻着手指缠义甲的样子，好像动作是有几分相似的。

沈识檐一直注视着孟新堂的伤口，孟新堂却一直注视着他。

"伤口不能沾水，不要吃鱼虾这些发性的食物，辣的最好也不要吃，知道吗？"

谨遵医嘱。

孟新堂很守规矩地点了点头："知道。"

"过两天我再给你换药。"

自始至终，许言午都一言不发地在旁边坐着，额上满是汗。之前沈识檐给了他一杯水，他端着，也不喝，就虚虚地盯着地面发呆。

等沈识檐给孟新堂包扎好了伤口，负责处理这起事故的警察也来了。警察询问了大致情况，做了笔录，说有换药的事实在，这场医疗纠纷就比较明了，不会有什么大的问题。

警察走了以后，老主任关上门，叹着气数落开了。

"你说有上次那回闹，你还不知道这家是什么人啊？"

桌上用来处理伤口的东西被一一收了起来，器械一声声碰着托盘，制造声响的人则没什么表情，一脸沉静。

"知道啊，手术前不是签字了吗？"

老主任看他波澜不惊的样子，心里猛地就来了气，气他不拿事当事，气他的不知畏惧。他追在沈识檐后面教育："你别告诉我你没看出问题，看出问题来你还敢给他们做手术，医闹是小事吗？仗着自己艺高人胆大上赶着往套里钻是吧？你问问整个医院还有没有第二个人会做这种手术！"

沈识檐没说话，任由这通数落砸在自己的头上。他给孟新堂倒了一杯温水，还问孟新堂烫不烫，凉不凉，好像刚才被闹的不是他，这会儿被教训的也不是他。

办公室的门在这时被敲响了，两声叩门声，很轻，透出过分的小心翼翼。

得到一声"请进"的准允，门才被轻轻地推开，没开全，只断断续续地，裂出条勉强能挤进人来的小缝。

进门的是个中年妇女，一双已经凹陷进去的眼睛红肿着，整个人瘦得像是皮骨脱离了一般。她握着门把的手还在小幅地抖着，在看到沈识檐之后，情绪忽变得更激动，跟跄着到了沈识檐的面前。

孟新堂对她有印象，刚才就是她试图去拦闹事的那一帮人。

大家都还没反应过来，就听见一声闷响，女人的膝盖狠狠磕在了地上。

"沈医生……对不起……我真的不知道……"伴着不住的哽咽，女人的话说得断断续续的，听得老主任皱起了眉。

"我不知道我弟弟和弟媳换了药……他们……对不起沈医生……"

回过神来的沈识檐赶紧弯腰去扶她，可大约是因为悲痛，因为不知所措，这个形容枯槁的女人的身体似有千斤重，沈识檐怎么都拽不动。一旁的孟新堂起了身，和他一起把地上的人架到了椅子上。沈识檐扫了一眼孟新堂的手臂，推了他一把，让他去好好坐着。

老主任给女人端来一杯水，安抚她别这么激动，慢慢说。

"我听警察说，医闹是要进去坐牢的……沈医生，他们知道错了……你们能不能不要告他们……我真的不知道他们换药……我……我……"

"我"了半天，却没后话，只剩"呜呜"的悲鸣，再后来，这女人也没说出一句完整的话来，连讨饶的话语都没有了。若是可哭的事太多了，大概就会不知道到底要说什么、哭什么。

沈识檐沉默地接受着那束祈求的目光，慢慢地，耳中女人的哭声好像变了调，变成了今天手术台上，最后那宣告死亡的一声冰冷长音。

办公室里静得很，许言午不知在想什么，盯着那个哭得肝肠寸断的女人，面上发冷。老主任也没了话，目光在沈识檐和那女人之间梭巡半天，最后撇开头，只留了一声无奈之叹。

等女人颤抖的背影消失在走廊，沈识檐回了屋，关上门，对一脸凝重看着窗外的老主任说:"您说,她求着我救救她父亲的时候,我能不救吗?"

沈识檐往里走的时候,路过坐在墙角的许言午,抬手摸了摸他的头。许言午愣了一下,躲开了。沈识檐见状,把手按在他的脑袋上使劲儿捋了几把。

"主任,我下班了,我朋友和弟弟都还没吃饭,这边我就不盯着了。我知道这事儿一时半会儿完不了,您放心,我做好心理准备了。"

"你……"老主任欲言又止,重新斟酌了一番才继续开口,"救人是对的,但是说句要挨骂的话,病人死在病床上和死在手术台上,差太多了。你带他上了手术台,不管家属曾经做了什么事,他们总能把你搅进去,凭一句话就够了,人是死在你的手术台上的。"

听着老主任说话的时间里,沈识檐已经脱了白大褂。孟新堂看到他将白大褂挂在门口的衣架上,还很细心地理了理袖口和领边。

"我不知道病人家属是不是希望他活下去,但我知道这个病人是想活下去的,而我是他的主治医生。"沈识檐摘掉了眼镜,抬手挤了挤睛明穴的位置。孟新堂也戴眼镜,所以知道,这是一个人累极了、乏极了时才会做的动作。

"再说,这件事我本来就有责任,也没打算把自己择清楚。我让他上手术台,说明我看到了抢救成功的可能性。我是针对他现在的身体状况决定为他进行手术的,不管造成他当时身体状况的原因是什么,在这场手术里没能救回他、造成了他的死亡,我都觉得非常抱歉。对于应当承担的责任,我也无可推脱。"

孟新堂的手不自觉地握紧了些,带得手臂上的伤口有些疼。

一直安静坐着的许言午猛地站了起来,动静大到屋里的几个人都是一凛,沈识檐像是料到了一般,大声喝住了要夺门而出的人。

许言午背对着人们停在了门口。

孟新堂看着他的背影，完全无法将今天这个盛怒的青年和曾经在琴房见到的那个懒散老板联系起来。

"我朋友和弟弟还没吃饭，主任，我先走了，您帮我盯着点。"

由于孟新堂开了车来，但手臂又受了伤，所以只能由沈识檐来开车。孟新堂拎着车钥匙问沈识檐："你会开车吗？"

这么长时间，他好像没见过沈识檐开车。

"当然，我只是没买车，所以不怎么开，但偶尔会给喝了酒的朋友做个代驾。"沈识檐笑说。

"我开吧。"一直沉默不语的许言午突然插嘴。

沈识檐瞥了他一眼，说："拉倒吧。"

就许言午这情绪，沈识檐都不知道今天晚上能不能把他安抚下来。

上了车，沈识檐闻到了车里那股残留的中药味，侧头对孟新堂说："可惜了那些药。"

刚才临走时他去五楼找了一圈，没找到，大概已经被保洁阿姨收走了。真的是可惜，那可是孟新堂亲手熬的。

孟新堂扯过安全带，因为一只手伤着，在扣安全带的时候多少别扭了一下。沈识檐微倾身，接了手。

"我不吃饭，回学校。"后座的许言午忽然说。

沈识檐和孟新堂闻言都看向了后视镜，许言午靠在后座上，眼睛一直看着窗外。

"你听话，先去吃个饭。"

"不。"许言午的话不那么礼貌，他动了动身子，坐直了一些，"我吃不下去，师兄你送我回学校。"

沈识檐没再吱声，发动了车子。

快到音乐学院的时候，沈识檐问："你给了我几张票？"

没人回话，沈识檐又叫了许言午一声，重复了刚才的问题。

"两张。"

"嗯。"

其实沈识檐有一些话想对许言午说，比如，明天就有演出的话今天不该这样打架，弹琴人的手多宝贵啊，还好今天他没有受伤，万一碰了伤了，可不是小事。又如，沈识檐想告诉他今天的事情只是个意外，让他不要瞎想。

但沈识檐什么都没说，因为知道安慰不了许言午。要安抚许言午的情绪，就不可避免地要提及往事，也势必要触及他们两个一直以来存在争执的点。

沈识檐在不知不觉中皱起了眉，也因为苦恼，轻轻地咬了咬下唇。孟新堂瞥见，以眼光询问他怎么了。

"你明天有时间吗？言午的毕业演出。"

明天吗？

孟新堂想了想，点了头。

"有时间。"

车子驶到了音乐学院的大门口，沈识檐靠边停了车，许言午却没动作。沈识檐明白了，默默熄了火，心想该来的还是要来。

"你不能不做医生吗？"

这问题问得很唐突。孟新堂偏了偏头，望向一旁的沈识檐。

沈识檐在心中叹了一声，又回到这个问题了。

"不能。"他说。

许言午狠狠地咬着嘴唇，眼睛睁得很大，像在强忍着什么。

"今天这种情况,真的只是特殊情况……"

"什么特殊情况!"沈识檐还没说完,就被许言午突然大声打断,"一次还不够吗?!"

很多时候,解释只是一把汽油,浇在本就烧得旺盛的火焰上。

沈识檐不知道这是他们第几次为这件事争吵,而这次,他也如往常一样,不知道如何向许言午解释,医闹不等同于医患关系紧张,更不知道如何再让许言午相信,他不会有危险。因为心疼,因为理解,所以他不想触及许言午这么多年都好不了的那道疤。他只能像从前一样,静静地听着许言午泄愤似的话语。

"这还不算出事吗?今天如果不是一个人拿了刀,而是一群人都拿了刀,如果他们的刀再长点会怎么样?你觉得你们这帮人有几个能全身而退!几个能活着!"

孟新堂静静地听着,竟听出了哽咽的声音。

直到听到后面有了书包挪动的动静,沈识檐才说了话。

"如果你是担心今天的事情的话,我向你保证,即便再遇到这种情况,我也不会让自己有生命危险。"

后面经历了一阵可怕的寂静,之后,车门被推开,许言午下了车。

这样的保证,有的人会信,有的人则死都不会信。

许言午扶着车门,缓缓地说:"我这辈子,都不会再去医院。"

"砰"的一声,门被摔上,那架势仿佛要震碎车内最后一点稀薄的空气。

沈识檐静默片刻,将胳膊撑在方向盘上,埋下了头。

没有人能在意外面前保证什么。

19

"不该让他送到医院来的,今天忙,忘了他要来的事。"

很久以后,沈识檐这样说道。他的话语混着轻微的叹息,就在尾音的地方伏下,伏到了孟新堂的心里。

他记起上一次沈识檐因为病人家属的推搡磕了肩膀,却在琴行和许言午说是累的。那时许言午的反应浮现到眼前,他串起前前后后各种情况,心中确定,曾经一定发生了什么痛极的事情,才会让许言午完全无法自控。

"你想吃什么?"沈识檐问。

孟新堂没回答,他看到沈识檐又解了一粒衬衫扣子,轻轻呼出一口气。车窗一下子被放到了底端,涌进的夜风吹乱了他的头发。

沈识檐眯了眯眼睛,很快,又将车窗关至只剩一条小缝。

"没关系,你想开就开,我不冷。"说着,孟新堂将自己这边的车窗降下来了一些。

上次经历医院的混乱之后,沈识檐也在他的车上降下了车窗。

转过头,他发现沈识檐正定定地看着自己。

"怎么了?"

沈识檐没作声,只露出一个笑,摇了摇头,低头去重新发动车子。

孟新堂却伸出手,摁住了他正在换挡的手。

"心情不好吗?"

覆上来的手掌是暖的,微干,让沈识檐想起了小时候秋收后,晒在地上的温热麦子,手插到一堆麦粒里,立马就会被温暖裹上。他停住动作,又将目光转回到孟新堂的脸上。静默了一会儿,他老实地回道:"有一点。"

"想吃饭吗?"孟新堂专注地看着他,又问。

沈识檐这回缓缓地摇了摇头,露出歉意的笑。

有路旁车灯的光照进来,掠过了两只叠在一起的手,沈识檐瞥见消逝的光影,有轻微的愣神。

"我也不饿,"孟新堂很快说,"不如往你家那边走吧,路上看到什么想吃的再吃。"

说完,他才若无其事地收回了手。

外面的灯很亮,亮得能看到夜晚浮动的云。很神奇,在如今的北京,竟然还能有星星偷偷露出来。孟新堂看到,意达心底。

"今天天气其实不错,要不要散散步?"他笑着说,"我很久没看过城市的夜景了。"

这样的提议,显然已经预订了两人接下来的时间。他知道沈识檐心情不好,已经九点钟了,他很想在这个夜晚陪着沈识檐。

沈识檐没说话,用很标准的"医生的眼神"看了一眼他受伤的胳膊,又看了一眼这位该静养的病号。

"我觉得……"孟新堂举起手做发言状,不慌不忙地解释,"和自己的主治医生散步,不会有什么问题,还是个交流病情的好机会。"

沈识檐倒不知道这人这么会说话，但完全能领会孟新堂的善意。他笑了一声，问："去哪儿啊？"

孟新堂看了看周围："桥上？"接着，他又透过前方挡风玻璃指了指天上，"今天能看到星星。"

沈识檐扶着方向盘向前探了探身，歪着脖子去看天空，还真的有星星。

车子重新前行的瞬间，沈识檐把自己这边的车窗玻璃升了上去，孟新堂则打开了播放器。

沈识檐听到了熟悉的旋律，是那天在婚礼上，孟新堂问过的那首——I Found the Love。他看了一眼显示屏，歌曲不是来自收音机，而是下载好的音乐。

孟新堂已经将副驾驶的车窗完全降了下来，不弱的风一下就灌透车内，吹散了积攒在沈识檐胸腔内的闷。

他清晰地感受到了孟新堂的体贴与陪伴，而且是有分寸的，值得留恋的。就好像是在途中突遇不近人情的雨，他本来像往常一样，懒得撑伞，也并不想躲避，念着一个人平心静气地走，总能走过这片雨，身边却忽然出现了一个人，陪着他不撑伞，陪着他平心静气。并肩携行，大概就是这种感觉吧。

那座大桥是新建的，因为跨着水，又有灯光与风景，晚上经常会有人来散步。沈识檐和孟新堂刚走上去，就迎来一阵掀乱了头发的风，沈识檐呛了一口，背过了身子。

"小时候和我爸妈散步，起风了的话，我和我妈妈就会倒着走，我爸爸帮我们看路。"

在昏沉的灯光下，孟新堂看着一步远处的沈识檐，说："你倒着走，我帮你看。"

孟新堂的声音很低沉,是沈识檐最爱听的那种音色,配着他标准的口音、缓慢的语调,显着特别动人,就像冬天的围炉夜话。

沈识檐眨了眨眼睛,笑得很懒。

两人步调一致,谁也没再说话。

或许是因为今天风大,桥上的人并不多,只是隔着一段距离会有那么一对依偎在一起的情侣,或是久别重逢、高谈阔论的老同学。孟新堂发现沈识檐在经过他们后,总会看一看他们的背影,以一种欣赏的态度。

他们到了空旷一些的地方站定,沈识檐将手从裤子口袋里掏出来,胳膊搭上了栏杆。孟新堂站在一旁看着,越看越挪不开眼。

"看我干吗?"沈识檐还盯着前方,却笑着问道。

孟新堂咳了一声,转回了脑袋,也学着沈识檐的样子,将胳膊搭在栏杆上。搭上后他却觉得奇怪,也不自在,又将胳膊撤下来,插在了口袋里。

"今天我好像有点吃亏。"沈识檐突然说。

孟新堂不明所以,问为什么。

沈识檐笑着扭过头,答:"那天有酒,今天没有。"

说的是他们的第一次谈心,那天孟新堂是倾诉者,沈识檐是倾听者。

孟新堂笑了出来:"可以现在去买。"

沈识檐摇了摇头,又问:"你有烟吗?"

孟新堂只讶异了不到一秒钟的时间,就从口袋里摸出了一盒烟。他掀开盒盖,抖了一下。沈识檐抽出那支伸在了外面的,手指夹着,朝孟新堂递了过去。

风大，烟不好点，两个人的头凑在一起，隔出了一个小方角，里面有簇亮堂的小火苗，照亮了偎在一起的两张脸。孟新堂用手遮着打火机的火苗，给沈识檐点着了烟。

被风吹得连烟圈都形不成，刚一张嘴，一团雾就立马散去了。这是孟新堂第二次看到沈识檐抽烟。

"言午的演出是在明天晚上，到时候我们一起过去？"

"嗯。"孟新堂应下来，隔了两秒，又问道，"他……为什么那么抵触医院？"

这样的环境太适合聊天，孟新堂也没忍住，做了些探听的事情。

沈识檐垂着眼，又抽了两口烟，看着烟头的那点火星慢慢暗下去。

"他不想让我当医生，"沉默过后，沈识檐开口说道，"出于一些原因，他和他父母的关系并不好。在他看来，我父母更像是他的爸爸妈妈。"

沈识檐顿了顿，问道："我没有跟你说过我父亲吧？"

"你说，你的父亲每天回家，都会给你的母亲买一枝花。"

"嗯，是这样，他们一直很浪漫。我父亲也是医生，呼吸内科。"可能是因为提到父母，沈识檐整个人都变得更柔和了一些，"他是一个很棒的医生。

"我记得特别清楚，'非典'，从最开始还不知情时，他就一直在一线。可能是因为本身就是呼吸内科的医生，防护措施做得比较好，挺幸运没被感染。后来'非典'过了，很多电视台、报纸报道了他，说他是英雄。"

这话的大致内容，孟新堂从孟新初的嘴里听说过，然而再听沈识檐说这一遍，依然肃然起敬。他未曾有幸见过沈识檐的父亲，但回想那日画中端着水盆大笑的人、不问死生坚守在一线的人、能教育出这样一个沈识檐的人,该是值得仰望的。

"他是因为医闹去世的。那帮人其实是冲着一个年轻医生去的,我父亲帮他挡了,被捅了好几刀,连抢救都没来得及。"

手中的烟被风吹得亮了一下,像是扑簌着,在为什么事呐喊。可等亮过了,重新暗了,又只留了那么一点灰暗的烟尘。

孟新堂在不自觉中垂了手臂。

到了这时,沈识檐依旧是平静的。他将烟送到嘴边,狠吸了一口,而后嘲弄般扯了扯嘴角:"没输给'非典',倒输给了人心。"

夜风好像突然冷了,也带冷了夜色中的人。

孟新堂无意识地朝沈识檐靠了靠,看着他有些发抖的嘴唇问:"还好吗?"

沈识檐点头,挑了挑眉:"没事。

"其实我还好,这么长时间,该接受的都接受了,你看我不是在当医生嘛,只是言午,当时他正好在,目睹了全部过程。我到医院的时候,他满脸是血地趴在我父亲身边哭……而且,大概我父亲去世后不到一年吧,我的母亲也去世了,相思成疾。"

往事的惨烈超过了孟新堂的想象,短短几句话仿佛有千斤重,他有些喘不过气,压着自己做了个深呼吸。

一次人为的意外,到底能毁掉几个人?

沈识檐想起许言午今天的崩溃、今天的痛苦,突然觉得像是和他一起又经历了一次那天的噩梦,倒在血泊中的人,连白大褂都成了红色。

喉咙发痛,眼底也酸,这是他第一次向别人叙述这段往事,没能一气呵成,话哽在了这儿,收不回,也道不出。

沈识檐的肩膀被搭上了一只手,是孟新堂。

沈识檐转过头看了看他，眼中寂静，一点疼都没泛出来，朝孟新堂笑了笑，告诉他自己没有关系。

"所以言午这么多年都不去医院，而且对于我做医生这件事，非常反感。"

"也是合理的。"孟新堂说。一场意外，让许言午失去了两个至亲，还亲眼看到了沈识檐父亲的死亡，大概任谁都没办法接受。

说完，孟新堂又想到：许言午尚且这样，那么沈识檐呢？那是他的亲生父母，他甚至在今天，面对了和父亲类似的情况。

"合理吗？那我继续当医生呢，也合理吗？"

沈识檐说这话的时候是笑着的，只是笑意不达眼底，刚晕到唇边就散了。

"合理。"

孟新堂的回答很快。他不知道沈识檐是为什么要当医生的，或许是因为父亲，或许是因为信仰、责任，但他知道，经历了这些依然决定去做一个好医生，一定无比艰难，因为光是来自心底的痛苦和恐惧，就足以压垮一个人。

沈识檐听到这两个字，一时无言。太多人不理解他为什么还要当医生，也有太多人劝过他放弃，到后来，他甚至已经疲于解释，只是固执地继续做着自己认为对的事情。但孟新堂没有，且在知悉不多的情况下就告诉他——"合理"。

"可是很多人问过我，能不能不做医生了。"沈识檐仰了仰头，看着天上，"你知道吗？'非典'那年是真的惨烈，我认识的叔叔阿姨，很多没能再回家。当时'非典'正凶的时候，我都不知道明天还能不能见到我爸爸，但我妈妈没有说过一句让我爸爸不要在医院了回家来。后来高考填报志愿，我填报了医学院，我妈妈也说，'很好，做医生很好'。可是我父亲去世以后,我妈妈却问我,能不能不做医生了。她说她从来都不怕我成为一个英雄,哪怕那时候我爸爸真的在'非典'中牺牲了,她都不会让我换一个职业。但她说,英雄不该是这样的结局,不该被辜负,不该这样离开。"

20

　　孟新堂三十三岁,已经经历了不少世情,该明了的人心也都早已明了。他很清楚这个世界是什么样子,清楚它有多坏、有多好,也自认为早就已经能将这些好坏全部容忍,可此刻,心还是又疼又堵,为本该好好活着的、可敬的人,为那个曾经充满诗歌与童话的家庭,更为身边这个平淡提起往事的人。

　　沈识檐说完了话,就把身子放低了些,躬着身趴在了护栏上,下巴抵着胳膊,和着月色,安静得像是晚秋时翠绿的湖泊。

　　孟新堂收回放在他身上的目光,轻轻弹了弹手里的烟,吻至唇边。周遭有小孩子的玩闹声、大人的轻声呵斥声,还有旁边飘来的没调的酒后高歌。孟新堂眼前似乎还出现了一个穿着白大褂的人,一场积满了血与泪的混乱,一次生与死的诀别转身,以及,一个看着前方长路的少年。

　　有爱的,有恨的,这就是他们行在的世间,也是故去之人曾走过的冷暖。

　　孟新堂轻轻地拍了拍沈识檐的后背,用一种无声的方式去贴近他此时的情绪。

"有时候我会想，我父亲在闭上眼睛之前，在想什么。"

说着，沈识檐闭上了眼睛，仿佛在进行一次隔着时空的灵魂交流。这是他经常会想的问题，不是钻牛角尖，只是因为想知道，又无从求证，就不住地猜测了这么多年。

害怕？惊慌？想念？还是……

"我猜，他在想你的妈妈和你。"孟新堂的声音忽然响起。

沈识檐怔了怔，转头看着孟新堂。

"无论在想什么，我觉得他都不会在后悔做一名医生。"

这就是在沈识檐看来，孟新堂很神奇的地方，他能知道你在想什么，能在你对你的猜测难以启齿的时候，告诉你一个答案。

"你的父亲是一个好医生，我很钦佩他。这样一个人，不会在面临死亡时，去否定自己毕生的倾力奉献，因为他的一切所为，都是理性的。"孟新堂停顿半晌，接着说，"人心最难测，有时也最可怖，但是我们不是在为人心活着，也不该活得惧怕人心。"

孟新堂的话说得不算浅白，但沈识檐听懂了，因为这些，他都曾想过。

许多年前曾慌张地去追过的答案，就在这么一个晚上被月光酿了出来。沈识檐突然感觉到了踏实。自己相信是一回事，有人与你一起相信，告诉你，你不是盲目的，又是另一番感觉。

此时的孟新堂刚刚从听闻的痛苦往事中将心情抽离出来，可他马上又想到，自己的安慰之言未免太冠冕堂皇。"不该活得惧怕人心"这句话说得轻松，但沈识檐在这样的处境中，要怎样去接受人心那丑陋的一面？

他完全认同沈识檐之后的选择，却又好奇，到底是什么让沈识檐如此坚持，即便曾遇至亲之人的血也没有退却。

他沉默了一会儿，又问："那么，为什么坚持要做医生？"说完，他补充说明似的强调，"不是质疑你，只是觉得你很了不起，如果是我，未必能做到。"

闻言，沈识檐轻轻抬了抬下巴，眯着眼睛说："喜欢。"

他回答得很快，想必是一个烂熟于心的答案。

"从小时候去医院找我父亲开始，我就觉得医院是个很神圣的地方，一个人与这个世界的初遇与告别都在医院发生，或者说，它是一个迎来送走生命的地方。"

孟新堂哑然："这样吗？"

沈识檐点了点头。

这就是人与人的不同了，孟新堂能接受迎来送走这个说法，但恐怕他自己会因此避之不及。这和待客是一个道理，生命有多可贵，它的迎来送往就会有多麻烦，有多凸显世间百态。

"最开始就是这么简单的理由。我曾经跟言午说，他喜欢弹琴所以考音乐学院，我喜欢做医生所以考医学院。这个职业有风险、累，我都知道，可这都不会成为我放弃它的理由。就像你说的，我们选择一个职业，不是因为它能带给我们多少荣耀、多少财富，而是我们认同它的意义。"

孟新堂听了有些愣，迟疑了片刻还是问："我说过这话吗？"

沈识檐下巴还定在胳膊上，斜眼高挑着看他笑："刚刚不是这个意思吗？我们不是为人心活着，不该惧怕人心。那我们是为什么活着，为什么做的选择？"

孟新堂于是浅笑着摇头，透亮的人。

"其实在我母亲去世后，我也犹豫过一阵子，我想，那次意外害得我失去了爸爸，失去了妈妈，我还能毫无芥蒂地穿上那件衣服去帮病人看病吗？但是2008年，我本科毕业实习，作为志愿者去了灾区，那一次之后，我就知道我要一辈子留在这个岗位上。"

"为什么？"孟新堂轻声问。

"真的接手了生命，亲历了死亡，就没办法离开了。

"我到那儿以后救的第一个伤员，是一个小女孩，小学生。两个军人把她从水泥板下挖出来的时候，她睁了一次眼睛，问我，哥哥，我还能活吗？我跟她说'能'……却食言了。"

沈识檐说这话的时候，听似依旧是稀松平常的语气，但细听，尾音颤了，也弱了。

孟新堂没办法切身地去感受接手生命、亲历死亡的感觉，但能从沈识檐轻微的颤抖中，看到他曾经为生命掉过的眼泪。

"其实我读书的时候成绩很好，自己觉得对各种病例都烂熟于心，可是等我真的到了那里，却觉得我好像什么都做不了。生命太脆弱了，我想着要多救活几个人，可死去的还是那么多，甚至有时候，我正在抢救着一个伤员，一旁抬来了另一个，那是军人们挖了两个小时才救出来的，可是我还没来得及给他做抢救，他就闭了眼。"他苦笑了一声，"没见过灾难的人，永远不会明白灾难是什么。什么人心啊，利益啊，自私贪欲啊，在那会儿……

"什么都不是。"

就算病床前能看到善恶百态又怎样？就算是有让人寒心的意外又怎样？他是医生，想要治好自己的病人，仅此而已。至于人心，那是人类学的范畴，从古至今都没人研究得透。

我见过极恶，也见过单纯地看着我，向往着生命的双眼。

沈识檐眯了眯眼睛，远处的灯光映在他的眼睛里，是紫色和红色，最绮丽的颜色。这让他看起来像一个身披铠甲的战士，在回望曾经。

孟新堂看得出神。

这个身影似乎正带着某种意义刻入孟新堂的眼里——那是英雄，也是风雨未来。

"我听新初说过，你……"他看着沈识檐，说，"很伟大。"

单单是在那时，沈识檐作为一个实习生去到灾区，就足够伟大。

"没有什么伟大，"沈识檐轻轻松松地笑着，摆了摆手，"只是彻底记住了，医生是什么，我的责任又是什么。"

"不是所有人都能有这样的担当，"孟新堂说，"你是特别的。"

这话孟新堂都说得含蓄了，在孟新堂看来，沈识檐就是这世间的第一，再没有比他更好的了。孟新堂曾以为他活得舒坦自在，活得天真，却原来他比谁都熟知生死，深谙人世。

两个人又站了一会儿，谈了一会儿，沈识檐看了眼腕上的手表，有些惊讶。

"都已经十一点了，我们回去吧，这会儿也冷了，你还受着伤，别着凉。"

身边人衣袖浮动，孟新堂忽地伸出手，拽住了那只手腕。

孟新堂的手臂因为他被划伤。

"还有一些话，再给我几分钟，好吗？"

不知醉人的是晚风还是语梢，反正孟新堂这话说出来，沈识檐就忽然一下晕了。默不作声地，沈识檐又靠回了栏杆。这一次是背靠着的，两人便朝着不同的方向，看着不同的夜色。

孟新堂征得他的同意，又点了一支烟，但沉默地吸了两口之后，掐了，捏在了手里。

"其实很早以前，我就确定自己不会有婚姻。我的父母都从事研究工作，很忙，很少回家，不只是工作忙，特殊时期，还会受到相应的限制。比如，我父亲研究的是核武器，一年见不到一次是再正常不过的了，最长的一次，我们三年没有见面。"

沈识檐听到这些，偏头看向了孟新堂。孟新堂察觉他的目光，笑了笑。

"我说这些给你听，是因为想让你明白我的情况。

"我不知道我今后在工作上会做到什么程度，但像你一样，我不会因为可能的不自由甚至危险，就不去尽全力。所以，我可能没时间陪朋友，没时间陪家人。他们在我身边总是需要等待，就像我妹妹，以前总是抱怨，晚上回来想跟我说说话都不行。"

手里的烟已经不知变了多少种形状，甚至有烟丝蜷在了孟新堂的无名指上。

孟新堂说得很小心，客观地陈述着自己的情况，又无比希望得到理解。他不确定他们会有多少时间朝夕相处，但如果可以，他希望从现在就预订沈识檐未来的岁月。相伴携行也好，遥遥相望也好，只要沈识檐说"好"，他就一秒钟都等不及。

最后，孟新堂叹了一口气，不知是不是在笑："我曾经做过取舍，但我发现，在你面前，我的取舍根本不值一提。识檐，如果你能接受我这样的一个朋友，那我希望你可以考虑……

"以后，让我陪你喝酒、看花。"

真到了这个时候，沈识檐倒没有什么心跳如雷的感觉，只是仿佛刚刚饮罢一壶桂酒，惊落一场潮湿大雨。

抬眼酒气，闭眼酣眠。

不知心在梦在醉。

肆 月照

——沈老板,用我这一腔的情意,换与你同看一院的四季,可好?

——我挑了最美的花,四季给你,孟先生请笑纳。

21

沈识檐的手动了动,碰到身后有些冰凉的栏杆,整个人便像是触到瓷酒瓶一样清醒了过来。

别人交朋友永远爱说自己有多好,对朋友又有多好。这个人却是将自己的一切剖开来,亮出不利于自身的一切,再让你决定。这很符合孟新堂的性子。

其实算起来,他们相识的时间并不长,初夏开始,到如今尚未至中秋。可就在这么短的时间里,沈识檐觉得自己对这个人的印象却好像已有十年、百年般深刻。

沈识檐忽然想起那一夜落雨救花,孟新堂站在不甚明澈的灯光下,问他,你想要的朋友是什么样子。那时他由着心答了,换来的是孟新堂长长的沉默。

而如今想来,大概他们两个人都犯了一个错误,不该去定义两个人成为朋友时的状态。情谊是由人生发的,朝夕相处可以亲密无间,隔着天地心有灵犀也是一种亲密关系。沈识檐的确曾经羡慕像父母那样的关系,彼此尊敬,彼此爱护。可这时他想,如果是孟新堂的话,哪怕不是夫妻,哪怕常常有离别,他们之间的情谊也该是美好而纯粹的。因为这个人敬他、爱他、护他,还给了他毫无保留的坦诚。

　　这么多年来,他没觉得辛苦,没觉得不值,但偶尔也会疲惫。沈识檐比任何人都清楚,自己也是需要被人理解的。而孟新堂就是那个无条件理解他、支持他的人。他有一种预感,如果今天他说一声"好",他们似乎就真的可以酣饮一生,有花有远方。

　　他迟迟未作答,孟新堂就一动不动地静候着,目光始终向着他的脸,专注又耐心。夜风吹过,眼睫微颤,像是紧张时一动一动的心跳。

　　沈识檐就是在这双眼睛中给出了答案。

　　他看着孟新堂,轻轻地笑了。

　　"好。"

　　他期待了这么久的东西,可算是来了。

　　真真地,孟新堂感到胸腔中攒的一口气终于舒散了出来,大脑也在那一瞬放松下来,有了大惊喜来临时的长长空白。他从未如此不安与忐忑,亦从未怀有这样赤诚的期待。

　　又起了风,落了星光,散了层叠的云。不远处的一排小酒馆约好了似的一起灭了灯,像是知晓了这难得的情谊,撤开亮光,给它填上一些静谧。

　　孟新堂伸出了手,是未拿过烟的那只。两只手交握在一起,姿势不那么漂亮,甚至还显出了几分笨拙——

　　但终于是握上了。

　　比起刚见面时的寒暄,这次的握手显得更加来之不易,像是共同经历许多之后,终于达成了一个彼此认同的约定。

　　本该是挺温情的场面,沈识檐却没忍住,笑了出来。

　　"笑什么?"孟新堂的语调也变得不同,比平时更扬了几分,带着隐隐的笑意。

沈识檐看着他摇了摇头。他总不能说,自己真的从未这样具有仪式感地交过朋友吧。"虽然很多事情我都不能保证,但我保证,品酒赏花,或是生活中的琐碎、磨难,只要我能,一定陪你经历。"孟新堂说。

这回可真是天地都晕了。

"现在要回家吗?"孟新堂问。

"回哪里?"

"都可以。"

孟新堂接过沈识檐手中的眼镜,扳开镜腿,重新为他戴上。一缕头发不规矩地被夹在了镜脚处,孟新堂屈起手指,帮沈识檐抚顺。

"那回我家吧,"沈识檐说,"有挂面和菜,虽然作为正餐可能有些简陋,但正好符合你的病号身份。"

"好。"孟新堂笑道。

走下桥的时候,孟新堂通过申请,点了一支烟,走了几步后忽然停住。沈识檐不解地转身。

"怎么了?"

孟新堂没动,吸了一口烟:"这回可以光明正大地去了。"

这话说得有些没头没尾,沈识檐没听懂,笑着问他为什么。

"可以付赏花钱了,"孟新堂轻笑一声,夹着那支烟,缓缓朝他走过来。到了他身边,孟新堂执起了他的手贴到胸口:"沈老板,用我这一腔的诚挚,换与你同看一院的四季,可好?"

沈识檐一愣,继而在这热烈的目光中大笑。看来孟新堂不管什么话,都不是随便说说的。

在回去的路上，沈识檐的心情轻松了不少，他听着车内播放的音乐，问孟新堂："是特意下载的这首歌吗？"

孟新堂点头。事实上，这是他第一次自己去找一首歌，往常车内的音乐，体现的都是孟新初的品味。

这首歌实在特别，每每听到，他都会想起那天灯光流离下，带着后院香气的沈识檐。

而如今这个人就在旁边，闭着眼睛，靠着椅背。

"你如果有时间的话，帮我下载一些你喜欢的歌吧，我对歌曲一窍不通。"

沈识檐没睁眼，"嗯"了一声，问："你大概喜欢什么样的？缓慢抒情的？"

"选你喜欢的就可以，我应该都会喜欢。"

沈识檐默不作声地笑，仍闭着眼，说"好"。

沈识檐家的食物风格和之前一模一样，清心寡欲，与世无争。沈识檐不许病号动手，亲自煮了两碗青菜面，如他所说，真的比医院的病号饭还适合病号。

孟新堂看着那一盖的绿油油，没动筷子。

"怎么了？"沈识檐以为他是不舒服，询问道，"手臂疼？"

孟新堂摇头，直勾勾地盯着他。两个人在腾腾的热气中诡异地对视了一会儿，各自忍俊不禁。

"你亲手做的，我是不是不该挑什么？"

沈识檐已经十分好奇孟新堂到底是因为什么不自在，连声说："可以挑啊，以后根据你的口味适当调整。"

孟新堂斟酌了一番："那我向你坦诚一件事……我不是很喜欢吃青菜。"

静默一刻后，沈识檐因他的表情和话语笑得不能自已。孟新堂看着他笑，自己夹了一根青菜放到嘴里。

虽然不喜欢，孟新堂倒也愿意吃。

等沈识檐笑够了，停下来，才想起上次两个人喝酒时，孟新堂落第一筷时的动作，好像是中途转了个弯的。而且那次可是两大盘青菜，他们两个人吃了个干净。

难为他了。

沈识檐挑了一根青菜，同孟新堂说："我这不是青菜。"

孟新堂扬眉："是什么？"

"是寿数。"沈识檐不管对面人的笑，自己晃了两下筷子，"感谢孟老师为未来做出的牺牲。"

孟新堂还是睡在了上次的屋子，不同的是，这次沈识檐靠在门口，对他说了声"晚安"。

孟新堂走过来，轻轻地回答了一声。

"晚安。"

第一天的晚上，也没有很特别。孟新堂在床上辗转，有些难以入眠。在天蒙蒙亮的时候，他摸出手机，打开通信录改了一个名字。

从"沈识檐"到"识檐"，只是去了一个姓氏，意义却大不相同了，前者是普通认识的人，后者又加了适度的亲密。

22

沈识檐大概也没睡好，孟新堂早上起来，就看见他正顶着两个大黑眼圈在院子收拾着两盆花。

"今天这么早？"孟新堂擦了擦眼镜，戴上。

"一宿没睡。"

"没睡？"

沈识檐将最后一捧土灌上，在地上敲了敲小铲子，敲掉了一小层土。他看了孟新堂一眼，笑着说："可能有点兴奋。"

孟新堂忍不住笑，还以为心里藏不住事儿的就他一个，闹了半天昨天屋子里两人都自己悄悄折腾来着。

"早知道，咱俩就聊一晚上了。"说完，他走过去蹲在沈识檐的身边，帮沈识檐把两盆花摆回到了原来的位置。这么一看才发现，今天院子里的花比平时多了一些，他记得这两盆花原本是在最边缘，现在右侧却又绵延出去了许多颜色。

"花房里的也搬出来了吗？"孟新堂指着那些没出现在院子里过的花问道。

"嗯，"沈识檐点点头，"本来想晚上去看言午演出的时候给他带束花，但是昨晚给他发消息跟他聊了一会儿，感觉今天的任务还是有点艰巨，所以我决定一会儿就过去找他，顺便给他带份早餐压压火。"

沈识檐给孟新堂找来了牙刷和杯子，四合院里就有个方水池，两个人分别接了水，蹲在院子里刷牙，一旁的收音机里还咿咿呀呀地唱着戏曲。开始沈识檐还没觉得什么，直到最后漱口时，两个人的声音交错在一起，他才发现自己好像很久没听过这种混杂的漱口声了。往常他都是一个人对着院子刷牙，在把水都吐掉后，偶尔还会百无聊赖地冲着空荡荡的院子拉个长音，换来一声声鸟叫。

"先去旁边一条胡同吃早餐，吃完以后我回来弄花，你呢？有事的话吃完饭你就先走。"

孟新堂和沈识檐并肩走着，听见这话扬了扬眉，很认真地看着身边的人，说："我当然没事，我陪你。"

行在胡同里，不时能听见老大爷逗鸟的声音、下棋的声音，孟新堂是住在高楼里的，平时绝没有这种体验。他张望着听了一会儿，想起第一次见沈识檐，沈识檐就是跟一帮大爷在一起。其实那会儿他觉得很神奇，明明差着那么多岁，沈识檐在那群人里却没有违和感，很像是大爷们的一个老友。

"第一次见你，你就在胡同口，陪老大爷们唱戏。"孟新堂侧身，问，"为什么喜欢跟他们一起玩？"

沈识檐想了想："就感觉跟他们待着挺舒服的。其实大爷们都很逗乐，而且懂的东西特别多，毕竟比咱们多过了那么多年，好多心态是咱们现在学不来的。"

说着话的沈识檐背着手，一副老成的样子，搭着老成的口气，金边眼镜更添书生气。孟新堂错后半个身子，细细地看了他好一会儿。

沈识檐带着去的那家早餐很特别,他要了咸豆浆和肉臊饭团,孟新堂从没吃过。咸豆浆倒是有点像豆花,上面撒了一小段一小段的油条和海苔,发出淡淡的香咸味。孟新堂吃完,只觉得这顿早餐吃得可真舒坦。

因为怕这么早食物放太久会变得不好吃,沈识檐便跟老板说打包的那份待会儿再过来拿。走回家时路过花店,沈识檐拉了一下孟新堂,带着他溜达了进去。

花店老板是个很知性的女性,看到沈识檐走进来,立即微笑着轻声道了声好,在看到后面跟着的孟新堂时,眼中则轻微地闪过一丝讶异。她的目光梭巡在两人之间,最后笑容变大,转身走到了花架后面。

"晚上回来得晚,提前来跟你买花。"沈识檐的视线落在左侧的一簇花上,"欸?你进了百日草?"

"进了你今天也不要拿它了。"女人的声音从里面传出来,带着笑意。很快,她手中捏着两枝花走了出来。

"百合,一枝给阿姨,一枝给你。"

沈识檐轻笑出声,接过两枝花:"那我是不是付一枝的钱就可以了?"

女人笑笑没理他,侧跨一步,朝孟新堂伸出了手。

"我是郑熹微,很高兴认识你。"

孟新堂微微躬身,抱歉道:"您好,我是孟新堂。让女士先开口了,是我的不对。"

郑熹微因这句话又多看了眼前的人一眼,一回眼,看见沈识檐正笑眯眯地看着她。

两个人回了家,孟新堂看到沈识檐拿出一把剪刀,将花枝下沿剪出一条斜线，插到了窗台上的小瓷瓶里。今天比往日要多了一朵。

孟新堂看了那瓷瓶好一阵，心里琢磨着自己想的事情是否可行，沈识檐会不会喜欢，等回了神，发现沈识檐已经开始"咔嚓咔嚓"地剪着盆里的花。

他先前认识的人中也有爱花的，但好像他们都不太能容忍任何人破坏他们的花，比如魏启明的妈妈。他记得以前魏启明剪了两朵花去讨好小姑娘，结果硬是被魏妈妈罚写一千字检讨——不得抄袭，不得没有真情实感。魏启明从小就是个连作文都写不满半页纸的人，这一千字他憋了三天，也就三天没能进家门。

"这么剪自己养的花，不会心疼吗？"

沈识檐手下的剪刀很利索，也很小心，一剪刀一枝，而且几乎没碰到半枝旁的花。

"真的一点都不心疼。有花堪折直须折，剪下来送给值得的人，对花来说就不算浪费。"沈识檐托了托镜框，停下动作，"况且，你怎么知道花是怎么想的呢？它或许想一直开到凋谢，但也没准儿，想在最美的时候被人看到。"

沈识檐转过头来看孟新堂："我是这么觉得的。以前也有人说过我这样不是真的爱花，其实我很爱，只是或许爱得不那么常规。"

孟新堂停了半晌，点了点头："你当然是真的爱。"

醉酒的人听到雨声醒来，能记得有花在淋着雨、吹着风，还冒着雨去救花，怎么可能不是真爱？

沈识檐真的剪了很多花，孟新堂再望去，感觉这一侧都显得空了一些。沈识檐却一点都没有要停的意思，又走到另一侧继续剪。

孟新堂打量着那被剪下来的一堆，摸了摸鼻子问："你这是要扎多大一束？"

沈识檐的回答有些迟，他说："要有诚意嘛。"

等总算剪到沈识檐满意了，他才放下剪刀，走到院子里支好的桌子前，一枝一枝地修整。孟新堂站在一旁，看着他灵巧的手指一点一点让那些花变成最美的。

"我去找条丝带。"沈识檐说完进了屋，不多会儿却又空着手出来了。

"怎么？"

"丝带没了，"沈识檐说，"我忘了，早知道刚才应该在熹微那儿买一些。"

"我去给你买，"孟新堂立即说，"要什么样子的？"

"那条银白的，或者你直接跟熹微说是我要就行了。哦，对了，"沈识檐笑说，"不用给钱，我充了年费会员。"

孟新堂笑了两声，应了句"好"。

花店里，郑熹微见他去而复返，起身问他有什么事，孟新堂照实说了。郑熹微轻皱眉头，看似有些不解地嘟囔了一句："怎么用得这么快？"

昨天收拾店，她还想着沈识檐刚拿走了一大包丝带，一时半会儿用不着新的，便把基本只有沈识檐会用的那种丝带都放到了顶端的柜子里。她刚要搬梯子，就听到一个声音："我来。"

询问了位置，孟新堂帮她把梯子架好，还用手臂晃了两下，确认是否稳当。

郑熹微爬了三格就打开了柜门，丝带放得靠里，她懒得再上一格，便踮起了脚。

"小心，不要踮脚。"

郑熹微愣了愣，低头朝下看。孟新堂对上她的目光，低声解释道："在梯子上踮脚很危险，我妹妹就这么摔下来过。够不到的话我来帮你，你告诉我在哪里就好。"

郑熹微眨了眨眼，"哦"了一声，又忙说："没关系、没关系，我只是犯懒。"

说完，她忙又向上走了一格。

其实梯子很稳当，踏板也并不窄。

低头拆着大包的包装袋时，郑熹微忽然停住。她偷偷看了看底下一直在用双手扶着梯子的男人，又看了看手中的丝带，明白是怎么回事了。她撇了撇嘴，心道：这个沈识檐啊。

随后，她从那包丝带里抽出一条，把剩下的都放了回去。

接过只有一条的丝带，孟新堂还有些诧异，猜测着难道沈识檐这个年费会员没充到位？他斟酌了一番，说道："如果还有的话能不能多拿几条？我怕下次他用到的时候没有，还要过来拿。"

郑熹微却扬了扬手："只有一条啦，下次进货了再给他吧。"

尽管觉得奇怪，但孟新堂还是没再多言。他礼貌地道了谢，告别，走到门口时却又被郑熹微叫住。

"孟先生。"

孟新堂回身。

"虽然说这话很俗气，可能还有点烦人，但我还是要说。"郑熹微的手交叉放在身前，轻轻笑了笑，"我们沈医生真的太不容易了，你千万别辜负他的信任。"

"不会辜负。"孟新堂很快说。他不知郑熹微何出此言，但"辜负"这个词，哪怕前面带上了否定，他也并不希望用来描述他们的友情。

"你放心，我会对他最好。"

直到孟新堂走远了，郑熹微还站在店门口看着。她不知道怎么描述这会儿的情绪，只是想到早晨沈识檐带着孟新堂走进店里时的神情，她忽然有点想哭。
　　这么多年，她终于能为沈识檐感谢老天一回了。

　　孟新堂拎着孤零零的一条丝带回来，一路上都在想着好像不太对劲。也许是当局者迷，他竟然把问题的思考方向定在了郑熹微的身上，一直在想郑熹微到底是哪里不对劲。直到他推开院门，被独一无二的香气淹没。
　　没有包装纸，形状有些像新娘的捧花，但大多了，色彩多到数不清，却一点都不杂乱。
　　"第一次送你，也是第一份礼物。我挑了最美的花，四季给你，孟先生请笑纳。"
　　没人比沈识檐懂浪漫。
　　缠在花束上的银白丝带被风吹得飘了起来，拂过了孟新堂抬起的手。
　　一束花胜过了山川湖泊，天上繁星。

23

还有一周多的时间就到中秋,孟新堂还没琢磨出要送给沈识檐什么礼物。这天孟新初刚好回家来拿东西,孟新堂靠在门口看着她翻翻找找,把本来整齐的房间一点一点翻乱,忽然开口问:"生日礼物的话,送什么好?"

"好朋友。"补充完,孟新堂还是觉得命题不够明确,又说,"是很要好的好朋友。"

孟新初的嘴里叼着一根冰棍,听到这话硌了牙,冰得她脸皱巴成了一团,但没顾得上哀号和心疼自己,就已经弹了起来:"哪个要好的好朋友?什么时候蹦出来的?"

孟新堂皱了皱眉,觉得"蹦"这个字实在不大适合沈识檐。

他怕孟新初要惊奇太久,便又立刻追问了一句"有什么建议",盘算着起码把话题暂时拉回正轨。

"啊,生日礼物啊……当然是送她喜欢的,如果她有什么爱好的话当然是送和她爱好相关的。没有什么爱好的话,可以送套好的护肤品,不挑人,或者送彩妆的东西啊,比如一打口红,你给她拿口红搭个小房子,她保准喜欢……"

喜欢的东西吗？孟新堂听了，冒出的第一个念头是琴，可是这东西他不懂，就算是有钱也不知道该去哪儿买，买什么样的。

"等一下，"一旁的孟新初已经回过神来，跑过来扒着孟新堂的胳膊问，"肯定是要送你喜欢的姑娘吧，照片呢？快让我看看我未来嫂子长什么样。"

"不是嫂子。"孟新堂认真地纠正。

孟新初却会错了意："这不早晚的事吗？可以啊哥，我本来还为你说要孤独终老伤心了好一阵呢，你这是悄声干大事啊！"

孟新堂心知已经没办法从孟新初这里得到什么有价值的建议了，再聊下去也只有被八卦的份儿。他按了按孟新初的脑袋："找你的东西吧。"

一直在思考沈识檐还喜欢什么，转身出门的时候，他忽然想起了那天早上刷牙时的戏曲声。

孟新堂忙活了一周，还托了两个朋友帮忙找元件、借厂子，终于在中秋节前两天把生日礼物弄好了。他给沈识檐打了个电话，询问沈识檐中秋那天是否有什么安排。沈识檐说要值班，到晚上七点钟。

"那我去接你，我们晚上一起过节？"孟新堂轻轻碰了碰桌上的东西，"我来做饭。"

"好。"沈识檐语中带笑。

隔天，孟新堂就收到了一件同城快递，快递的纸袋里干净利落地躺了一把钥匙，寄件人：沈识檐。

"你没事的话可以早点去准备，"沈识檐在电话那边停顿了片刻，接着说，"平时没事的话也可以去。"

孟新堂捏着那枚钥匙，不知道说什么好，心里太熨帖了，舒服到最后不自禁地叹了声气，说："什么时候我也得把你领家来认个门儿。"

隔着电话,他都能想象出沈识檐这会儿大笑的样子。

中秋当天,孟新堂早早就到了沈识檐家,开门的时候突然有种奇妙的感觉,好像这不单单是一个开锁的动作,而更像是一个仪式。想到这儿,他鬼使神差地从钥匙上撤下手,掸了掸衣袖,才拧开锁打开那扇门。

院里的花还娇艳地开着,按照沈识檐的吩咐,孟新堂搬了两盆花到花房。他现在已经识了不少花,反正时间还早,干脆一盆一盆地对着花名,研究着花色。看到秋海棠的时候,他不自觉地笑了笑,好像这一院子的花,数这几盆海棠开得好。

真的是岁岁照海棠。

把需要提前准备的食材全部料理好,又用小火焖上一锅小鲫鱼,孟新堂开始简单地收拾屋子和院子。沈识檐家有一间专门用来放琴的屋子,扫地的时候孟新堂打开了房门,看了一圈又轻轻合上,没进去。

把院子也打扫干净,孟新堂看了看时间,将厨房的火灭了出了门。

难得的花好月圆夜,街上要比平日透出更多的温情。孟新堂出来得早,所以车开得并不快,情绪在等最后一个红灯时突然泛滥了起来,或许是因为看到了医院的大楼,或许只是因为看到前方穿马路的行人拎了一盒月饼。

将车子停在医院对面,孟新堂下车,点了一支烟,刚刚要抽完时,便看到沈识檐的身影出现在了对面。

孟新堂摁灭了烟。

医院门口的路不宽敞,且来来往往的行人很多,所以过往的车速度都不快。孟新堂看到沈识檐朝自己笑了,接着左右看了看,绕过一辆几乎已经要停下来的车过马路。车灯的光打在他的身上,光与暗的对比很强烈，犹如孟新堂眼中的世界。

"等很久了吗？"

孟新堂摇头："一支烟的时间而已。"

两人在上车后放了一首歌，各自感叹了一句，今天的月亮真的很圆很大。

沈识檐放下了车窗，夜风吹得他头发乱飘，其实真的没什么美感，孟新堂却总想看。

赶上了一阵小堵车，到家时已经是七点半，孟新堂用了半个小时的时间把所有的菜都炒好，端上了桌。沈识檐拿着一瓶红酒进来，说"晚上喝这个吧"。

"今天不喝老顾的了？"

"他让我在家的时候去拿来着，我给忘了。这会儿他闺女、儿子都在，还有后一辈的，难得一家聚齐，就不去打扰人家了。"

沈识檐说完，才注意到桌子上有一块生日蛋糕。视线仿佛定在了那里，他有点不敢相信自己看到了什么。

留意到他的目光，孟新堂从一旁的柜子里拿出一个盒子，走到他身前："生日快乐。"

沈识檐看了看桌面又看了看他手里的东西，忽地笑了："你是怎么知道的？"

他自小在家都是过阴历生日，但从没和别人提起过，知道的人也很少，就连他以前的同学们，都是在他阳历生日那天送祝福。

"里面的那幅画上，有你母亲的题字。"孟新堂轻声说。

沈识檐这才想起来，今年他三十岁，里屋挂的，是他十岁时，母亲作的画。

孟新堂的礼物装在一个白色盒子里，还打了一个很漂亮的蝴蝶结。沈识檐垂眼欣赏了一会儿，才慢慢拽着一面的丝带解开那个蝴蝶结，动作很轻、很小心。

"想了很久要送你什么，琴我实在不会挑，也没有门路，所以就送你一个这个。"孟新堂轻咳一声，"不值什么钱，但是我自己做的，音响效果都还不错。"

看清了盒子里的东西，沈识檐彻底怔住，里面躺着的是一台收音机，银色的金属外壳，很小巧。

沈识檐家里那台收音机已经有些年头，那天早上孟新堂见他听，便说好像现在的人都不太听收音机了。沈识檐当时笑了一声，说："是我父母曾经的习惯，小时候跟着他们听惯了，我也就一直保留了下来。"

孟新堂当时就想起，早前在琴行的时候，沈识檐对着那台精致的唱片机说："还是摁一下播放键省事。"

东西用久了，便不好用了。那台收音机的杂音变得有些多，高频也不足。孟新堂知道沈识檐坚持着用是一种纪念，没有要他换掉的意思，只是想着，或许他也可以偶尔听听自己这个，让过去和现在并存。

沈识檐摸了摸那台一看就凝结了很多心血的收音机，拿在手里摆弄两下，摁了播放键。只听了两秒钟，他就笑了出来。

"你这个的效果不只是'还不错'吧？这样的收音机，市面上可买不到。"沈识檐调到了常听的晚间音乐频道，禁不住说，"我很喜欢，谢谢孟工程师。"

孟新堂这才放下心来。

"你是怎么做到让一台收音机达到这种音质的？像唱片机一样。"

"考虑特殊用户需求，做了一些优化。"孟新堂笑着说，"其实并不难，只是市面上的收音机，用户只需要它是一台收音机，所以没必要以成本换取音质。"

"特殊用户吗?"沈识檐笑着重复。

孟新堂点了点头:"永久包售后,还包升级。"

沈识檐一直笑着盯着他,孟新堂与沈识檐对视半晌,也笑了,问:"怎么了?"

这个人会留意自己的一切,并且总能精确地知道什么是自己在意的。沈识檐觉得心里有点痒,又软得一塌糊涂。

"没事,"他摇头,关掉了手中的收音机,"就是觉得你这样的挚友,交到即赚到。"

孟新堂第一次听到沈识檐这样称呼自己,连他自己都没想到,"挚友"这两个字会让他的心多跳了一下。

这感觉很好,是从未有过的好。

孟新堂坚持给沈识檐点生日蜡烛,吹灭那两簇火时,沈识檐离得太近,被飘出的一缕烟熏得眨了眼。他揉了揉眼睛,伸手取下其中一根:"我好像很多年没吹蜡烛了。"

人长大了以后,很多事情就懒得做了,也不想做了。沈识檐上一次吹蜡烛的时候,父母在,许言午也在,后来的生日有时许言午给他买块蛋糕,他也不让再插蜡烛,觉得吹起来也没有什么趣,再到了后来,干脆懒得连生日都不过了。

想到那个还在别扭的许言午,沈识檐忍不住笑着摸出了手机:"你知道言午送了我什么生日礼物吗?"

"什么?"

沈识檐笑眯眯地没说话,把手机递到了孟新堂的眼前。

屏幕上显示的是三条短消息,都是许言午转发给沈识檐的已成功帮他购买课程的通知——一个跆拳道班、一个散打班,还有一个拳击班。沈识檐难得发了个哭泣的"萌"表情,配字:"大爷,饶了我吧。"

孟新堂笑得直摇头:"他真是有心了。"

"这份心真的太重了,我真消受不起。"他可是一休息基本就不会出胡同的人。

孟新堂这回却不站在他这边了:"我觉得可以学一学,不过这三个班对你来说实用性还不是很强,我给你找个人教教你自我保护。"

沈识檐抿了抿唇,双手合十:"求你们给我留个在家睡觉的时间吧。"

两个人快吃饱的时候,院子的门忽然被敲响,而且没等他们应声,院门就已经被推开。

"识檐哥哥。"

一个清脆的女声,唤了这么一句。

沈识檐向后仰了仰身子,朝院子里看去,看清来人后答了一声:"陈念啊。"

"你们在吃饭吗?"

"嗯。"

进屋的是个小姑娘,十五六岁的样子,手里拎了一个点心匣子、两瓶酒,还有一盏红灯笼。

"这是爷爷让我给你带的酒和月饼,月饼都是挑的豆沙馅儿的,"小姑娘把匣子和酒放到桌上,又举了举手里的红灯笼,"还有爷爷刚做的灯笼,我帮你挂在门口?"

孟新堂起身:"我来帮你。"

"先别忙,我给你们介绍介绍。"沈识檐看了看孟新堂,说,"这是老顾的孙女,顾陈念。陈念,这是我朋友,孟新堂。"

"哥哥好。"顾陈念很乖地打招呼。

"你好。"孟新堂走了出去,问,"灯笼要挂在哪里?"

沈识檐没跟着出去,而是坐下来,看着两个人一面交流着灯笼悬挂的位置一面上手。

"吃饭了吗?"挂好灯笼,沈识檐问顾陈念。

"吃了。"顾陈念坐在一旁的凳子上,努了努嘴,"今天我有个婶婶一家也过来了,人太多了,真的好乱好吵,我过来躲一会儿。我待一小会儿就走,不会打扰你们很久。"

"不打扰,我们正好快吃完了。"沈识檐把蛋糕拉过来,侧头问陈念,"怕胖吗?要吃多大块?"

顾陈念愣了一下:"谁过生日啊?"

"我。"

"啊?我都不知道。"顾陈念垮了脸,"没准备礼物啊。"

"我都多大岁数了,还要什么礼物?"虽是这么说着,沈识檐却瞟了孟新堂一眼。

孟新堂回他一声轻笑,抬起手摸了摸鼻子。

24

"等下次我补给你。"顾陈念一边说着一边吃着蛋糕。沈识檐关心地问了几句她最近的情况。顾陈念咬了咬小叉子,用手撑着脑袋发愁:"唉,其实我今天来是有事想问你的。"

"什么事?"

"我现在不是高二嘛,就要考虑之后怎么样,我不想在国内读大学,但是我爸妈都不让我出国读,说不放心。"

顾陈念有多受家里人宝贝,沈识檐是知道的。他点了点头:"可以理解。"

"但是我不想在国内读啊,我真的想出国去,"顾陈念有些急,抬起一只手拍了下桌子,"他们怎么能因为自己不放心就阻碍我的人生呢?我有自由选择的权利啊!而且他们根本不接受沟通,我一说什么他们就说,我还小,什么都不懂,每次都是这一套。"

正当青春,好奇一切事物的年纪,大概最忌讳的就是被说是个什么都不懂的小孩子。沈识檐倒是觉得现在的小孩子比他们那时候懂的事多多了,因为接触到的事物、见解多了,便有机会更早地打开眼界、明白事理。可又因为见的东西多而杂,许多信息难辨真伪,又难免会使一个人的判断出错。

"为什么想出去？"沈识檐问。

这次顾陈念没再那样慷慨激昂，而是短暂地沉默了一会儿，才咬咬唇，说："其实最开始我只是想出国看看不一样的东西。"

这话很实在，许多人选择出国读书都是出于这么一个简单的初衷。

"但是后来……其实我对国内的环境挺失望。我有个发小，比我高一级，她成绩很好，可以保送Q大的。但是他们学校忽然举办了场什么活动，有个女生得了第一名，就凭着这个在总评里加分保送了。"这么说着说着，她又变得有些激动，鼓着腮苦着脸说道，"她的成绩本来根本不够保送，这简直就是他们学校为她特地举办的活动，有背景就可以这样吗？太不公平了！"

听了顾陈念的控诉，孟新堂忽然记起在哪本书中看过，大人最怕与小孩子谈论的事情，一是公平，二是死亡。前者是因为难以描述、难以保证，后者是因为不可避免、不可预期。

"所以，是觉得国内的环境不好，所以想出去读吗？"

顾陈念点了点头："都有，我觉得国外的教育要好一些，而且出去以后可以争取留在那边，空气也好，人也少。你觉得呢，我该在哪里读书？"

沈识檐没答，而是询问孟新堂的意见。

"决定性的还是你自己的想法，想出去就出去。"孟新堂首先这样说。

"但要正确地去考量自己的意见。想要换个环境，或是有目标地想要去接受某种教育，都足够成为你的理由，当然，如果是因为对国内环境不满意也可以。这是你的人生，你要自己考虑好再做出自己认为正确的决定。但你还没有成年,所以要用你的理由去说服你的父母,对他们担心的事情一一提出解决办法。如果你始终没办法说服他们,那只能说明,你还不具备出去读书的条件,可以延后考虑,很多大学都有与国外学校合作的项目。"

等顾陈念走了,沈识檐一个劲儿地盯着孟新堂看,但不说话。孟新堂抿了一口酒:"怎么了?"

"我忽然很好奇,你是不是从不去评判一个人选择的对错?"

方才顾陈念的话语中,其实透露了不少不满,而且是很片面的不满。沈识檐以为孟新堂会在给出意见时多少提点一下,却没想他所有的话都完全是基于顾陈念本人的发展在谈,没有夹带任何个人观点。

孟新堂像在仔细思考,过了一会儿才微笑着回答:"不违背法律和道义,不涉及是非,只是个人对于未来的选择而已,有什么对错可言吗?

"人与人的追求、喜好都不同,涉及人生态度、生活态度等问题,并没有什么标准答案。况且,我是真的觉得,出国去学习、去生活都挺好的。至于她的不满,我一直觉得每个年纪都要有每个年纪的思想,十几岁的思想不可能与三十多岁的相同,更不能用我们的想法去同化他们。不要急着去告诉一个小孩子他不成熟,等有一天他自己发现了新的观点,才能体验成长。况且,你怎么知道,这些不满、抱怨不会有一天化成热血或神奇的创造力?"

沈识檐听着,突然觉得,如果孟新堂可以当父亲,一定会是一个很好的父亲。但他思绪一转,忍不住像课堂上故意找碴儿的学生一般笑着问:"但是会有一些小孩子,因为看到了社会的一些黑暗面,变得愤世嫉俗。带着消极的情绪出去,这不是一件好事吧?"

"不会，每个人都可以根据自己的所见所闻而产生自己的观点，这是身为'人'的自由。"孟新堂推了推眼镜，"而我通常觉得，离开国家的人或许会比身在其中的人更容易喜欢她。只要没有天下大同，一个人背后的国家，就是他四处行走时的底气。这和小时候家庭状况不好的小孩子容易被欺负是一个道理。人性这个东西，放到再大的层面上都是类似的。"

沈识檐看到对面的人平静地说着这些话，再一次肯定了自己曾经的认知——孟新堂是包容的。又或者说，即便别人的想法再怎么与他不同，他都能理解，也不会自大地将自己的想法归结于对的一面，更不会妄图去以自己的想法改变他人。这便是平和。沈识檐不知道孟新堂的这种平和是与生俱来的，还是后天养成的，但总归是难能可贵的。

而后来，他们在漫长的岁月里共同经历了更多的事情，到了霜染鬓角的年纪，沈识檐对孟新堂的这一认识也变得更加清晰，更加深刻。只要不是大奸大恶，他就对一切的生活方式抱尊重的态度，不予置评，不妄加议论，但也不会被影响分毫。他看似活得平和散漫，实则是独立又坚定的。

"孟新堂，"沈识檐忽然叫了一声，旋即一笑，"你真的一点都不像个搞武器的。"

孟新堂笑了："搞武器的该是什么样子？"

沈识檐沉思一会儿，说了几个词。

"热血，爱国，好斗。这是我之前的想法。"

"我很爱国，但爱国不是盲目。"孟新堂笑着举起一只手，"热血……也还是有的吧。至于好斗，相信我，任何一个搞武器的人都非常不希望看到战争，因为他们比别人更清楚战争的后果。"

"一切的战争，都会有胜利，会有侵吞，会有一方的壮大，战争的结果未可知，但后果永远一致——残垣断壁，四方哀魂。

"那为什么要研制武器？"这是沈识檐一直以来都想问的问题。他有些想不明白，这样平和的一个人，怎么会义无反顾地走上这样特殊的科研道路。

孟新堂垂眸，转了转手中的酒杯。

"我是一个绝对的反战主义者，但后来逐渐明白，在野心与欲望的世界里，有牵制，才有和平。"

谈话到这里告一段落，沈识檐却还在回味。不知是不是因为刚喝的红酒又有些上头，沈识檐脑海中的文字变得越来越少，渐渐地，孟新堂刚刚说的那些话都寻不见踪影，轻飘飘地，就只剩下了三个字——"赚到了"。

孟新堂已经将餐桌收拾完，要洗的碗盘也都已经洗干净。他回到前厅，俯下身，晃了晃趴在桌子上的沈识檐。沈识檐先睁了左眼，右眼才缓缓跟着打开。

"又喝多了吗？"孟新堂带着笑意问。

"怎么会？"沈识檐否认。

"那起来去睡觉吧。"

沈识檐起了身，却没往卧室走，他说着"还早"，踱到了门口。

那盏红灯笼就挂在门檐上，沈识檐抬手碰了碰："老顾做的灯笼真好看。"

再往前走，两个人并肩站到了院子里。

今天的月光是真的亮，这么站着，竟然能将院里的一切看得清楚，海棠花被披上了真的月光，沈识檐眯了眯眼，忽然就着说："我给你弹首曲子吧。"

"好啊。"孟新堂立刻回答。

沈识檐回屋,拎了琴出来。他刚刚从琴袋里取出义甲,却被孟新堂接了过去。

"我来。"

沈识檐愣了一瞬,朝他伸出了手。

"这个要怎么戴?"

"大拇指左边的边沿抵着指甲缝,其他手指戴正就可以。"说着,他将孟新堂比在他小指上的义甲往后推了推,"不用留太多,这样就可以。"

按照他说的,孟新堂很快缠好了一个,细心地问他:"胶带缠的松紧可以吗?"

沈识檐将手指抵在另一只手的手心试了试:"可以再紧一些。"

孟新堂点了点头,说"懂了"。

在做这一切的时候孟新堂一丝不苟。沈识檐一直注视着他微低着的脸,孟新堂没抬头,却在缠到食指时笑问:"怎么一直看着我?"

两个人就站在屋门口,从灯笼中飘出的红色灯光笼在孟新堂的身上,无端添了温柔与缠绵。指甲上贴的胶带是重复使用的,边沿有个小角的黏力已经很弱,翘了起来。孟新堂将几根手指搭上沈识檐的食指,轻轻捏着,抚平它。

沈识檐今天弹的是《月儿高》,一曲落的时候忽然起了风,吹得满院花香飘上了天。

25

孟新堂还是睡在了之前那间屋子,沈识檐也跟着他进来,说要换一幅画。

"换什么画?"

沈识檐指了指墙上:"我母亲画的画,长了一岁,该换新的了。"

孟新堂看着他打开了一侧的柜子,露出一个木盒。沈识檐掀开盖子,孟新堂才看见里面有很多个卷轴。沈识檐拨弄了两下,取出了其中一个。孟新堂帮他将墙上那幅摘了。

新挂上的画上画了一个在院里坐着的小孩子,膝盖上卧着一只猫。

"这是你十一岁的时候吗?"

沈识檐将摘下来的画系好,轻轻地放回了柜里。

"嗯。当时老顾家养了只猫,不过后来死了,他们就没再养过。"

孟新堂敛目沉思,猜测沈识檐的母亲该是每年都为沈识檐作一幅画,直到意外徒生,猝然离世。孟新堂不知道柜子里面究竟有几幅画,但沈识檐三十岁时挂了十岁的画,三十一岁时挂了十一岁的画,那么,或许他的母亲是在他二十岁时去世的?

"一共二十幅,如果我保养得好,大概能挂上三轮。"

沈识檐这样说着，脸上依旧是轻松的笑容，并没有任何伤感。他很快对孟新堂说了声"早点睡"，便转身欲出门。

孟新堂却在他经过时攥住他的手腕，止住了他离开的脚步。

"一起看部电影吧。"

孟新堂也不知道自己为什么会在此时想同对方一起看部电影，只是看着沈识檐就这么想了。

夜深忽梦少年事，沈识檐在半夜忽然醒了过来，因为在梦里追着母亲跑得太急。

睁开眼的时候是一片混沌，过了有两三秒，他才感觉到房间里有轻柔的光线。其实他已经很久没有做过关于母亲的梦了。他看了一眼墙上的画，眼里有平日未出现过的情绪。可能是刚刚睡觉压了肩膀，又有些酸疼，沈识檐掀了掀被子，打算换个姿势。

角落的书桌旁，孟新堂在沈识檐翻身时就已经起了身，走到床边，看到沈识檐露出的后背，给他向上拉了拉被子，问："怎么了？"

"没事。"沈识檐轻声说，"你还没睡？"

他背对着孟新堂，没有转回身。

"有篇文章要看一下。肩膀疼吗？"孟新堂的声音有些哑，不待沈识檐回答，就已经抬手覆住了他的肩膀，"是不是睡觉压到了？"

"可能是。"

孟新堂的力道刚好，不重不轻，很快，原来酸疼的感觉就已经退去。沈识檐抬抬手臂，轻声说"好了"。孟新堂便放下手，替他把被子掖好，留意到沈识檐的脖子那里有些未消的薄汗。

沈识檐盖的被子并不厚，天气又凉，应该不至于睡出了汗。

"怎么出汗了？不舒服？"

沈识檐摇了摇头，与枕头摩擦，发出了一阵细微的声响。他叹了一声气，抬手揉了揉眉心："有时，还是会想他们的。"

沈识檐从未跟别人说过这话，连许言午都没有。可或许是因为今天换了画，身边又坐着孟新堂，他的思念好像忽然增了许多，多到一颗心容不下。

他梦到那年他还小，贪玩，故意不好好练琴，被妈妈皱着眉头罚抄了琴谱。他丢了笔不肯写，妈妈转身就走，说："识檐不乖，妈妈生气了。"

他一见妈妈走才慌了神，忙追在后面喊："妈妈别走，我抄我抄！"

那年抄的琴谱正是《月儿高》，妈妈说这曲子传说是唐玄宗作的《霓裳羽衣曲》，现在的人还根据这曲子编了舞。

沈识檐闭了闭眼睛，让自己结束这段回忆。

寂静中，孟新堂轻声回答了他。

"我知道。"

第二天早上，沈识檐该是没睡好，在孟新堂八点钟起来的时候，他用被子蒙上了头，说要再睡一会儿。孟新堂轻轻帮他带上屋门，到院子里洗漱，拎上钥匙出了门。

魏启明的茶馆供应早茶，每天七点钟准时开门迎客。今天魏老板不在，但堂里的小伙都早已认识孟新堂，见他进门，其中一个立马迎上来，问："孟先生要喝什么茶？"

孟新堂摆摆手："不喝茶，你们这儿有没有笔墨和大张的宣纸？"

既是附庸风雅，那便该有文房四宝。

果然，小伙点点头："有的，您二楼请，我给您拿上去。"

茶馆里还是那么热闹，孟新堂在吆喝声中循着楼梯上楼，进了个清雅的隔间。

九点半，沈识檐才睡眼惺忪地掀开了被子。

他拉开窗帘朝外望了望，没看见孟新堂的身影，但该搬到外面的花都已经好好地列在了院子里，厨房的门窗都开着，阳光跳在窗棂上。

沈识檐打了个哈欠，走到桌前去拿眼镜，刚伸出手却又停住——眼镜旁放着一沓折成了长方形的宣纸，能看到黑色的墨迹。

沈识檐觉得奇怪，伸手拿了起来，打开的时候，还能闻到墨香和宣纸的独特味道。

宣纸上写的是辛弃疾的《清平乐·村居》。

茅檐低小，溪上青青草。醉里吴音相媚好，白发谁家翁媪？
大儿锄豆溪东，中儿正织鸡笼。最喜小儿亡赖，溪头卧剥莲蓬。

落款："识檐三十又一，愿平安顺遂，喜乐无忧。新堂书于圆月十六。"

所以，这是他一大清早，为自己写的。

沈识檐不知自己发着怔将这幅字举了多久。

直到手开始轻微颤抖，眼底有了酸涩的感觉，他才回过神来，再一次从头开始，珍惜地看着每一个字。

而再读到落款，目光触到"平安顺遂"四个字时，风驰电掣的一瞬，有汹涌的熟悉感袭向大脑，他一动不动地盯着那四个字，终于确定，他曾见过。

因为刚刚起床，血液还流得不畅，沈识檐在拿起那本有些重量的

《新英汉词典》时，蜷起的手指紧得发疼。他捏着黑色的封皮，翻开，又拨开了夹在里面的两页临摹草纸，露出的一行字让沈识檐如同入了定一般呆在那里。

字典的扉页以黑色的油墨书着几个字，一个简单的落款。

"千禧年，平安顺遂。孟"。

虽然字体有些细微的改变，但沈识檐依然能很轻易地看出来，这是出自同一个人。

高中时班上有图书角，每个同学都带了一两本书来。到了临毕业时，班主任征求大家的意见，让大家各自在图书角挑选一本书留作纪念。他无意间看到这页扉页，便毫不犹豫拿了这本好像从没被人拿走过的旧词典。

那时"非典"刚过，沈识檐记得很清楚，在那个燥热的夏日夜晚，他用了一节晚自习的时间临摹这四个字，一笔一画、密密麻麻地写了好几页。

风扇曾吹落一张写满了"平安顺遂"的纸，他小心地捡起，拂去了上面的灰。

这个"孟"，便是孟新堂。

沈识檐发现自己不知何时已经坐在了椅子上，手上还捧着这本词典。他看着那几个字出神，克制不住地，一股热流开始往上涌。他将词典合上，推远，俯身趴在了桌子上，等重新平静下来，才偏过头枕着手臂，望向窗外。

出神间，孟新堂的身影出现在了他的视野里。孟新堂端着一盆水从厨房中走出来，袖子挽到了手肘的位置，露出结实的小臂。沈识檐看到他将盆里的水倒进了水池里，又打开水龙头，晃悠着盆涮干净。

沈识檐静静地趴着，秋日的阳光暖到了心里，院中似是个再美不过的梦。

原来，他以为偶然的相遇，早就在他的生命中埋下了漫长的伏笔。

若真的有见字如面就好了，那样的话，他们的初见，他不过十七岁。

伍 英雄

——那我现在是三十一岁的成熟男人了吗?
——不是。
是英雄。

26

天气不多时就转得更凉,到了晚秋。沈识檐将大门口的最后一点枯树叶扫净,抬头望了望。天空的颜色已经逐渐由蓝转白,显得越发清冷,一阵风吹过,竟有些刺骨,沈识檐这才意识到,冬天要来了。

安静的胡同里响起了"嗡嗡"的声音,一辆小电车由远及近,后座的两边各挎了一个箱子。电车停在老顾家门口,骑车的人下来,从箱子里取出一沓报纸,放到了屋檐下的报箱里。沈识檐看着他,偏了偏头,开口唤了一声。

"师傅。"

送报的人停下正要骑车的动作,抬头看过来。

"我也想订报,"沈识檐快走了两步过去,问,"怎么个订法,一年一年的吗?"

那师傅转着眼睛打量了他一圈:"年轻人也看报纸啊?"

年轻人?好像很久没有人用这样的字眼来称呼他了。沈识檐懒懒一笑:"不年轻了,都三十多岁了。"

"三十多岁?你看着不像啊。"

沈识檐又笑了笑,询问了价钱,便回家去取钱。等他再回来,看到老顾正站在门口跟送报的师傅聊着天,这么个北风卷落叶的天气,老顾竟然就穿了件线衫。

"老顾!你怎么不穿褂子?!"沈识檐远远地喊。

"啰唆。"老顾回了一句,说罢不给他继续教训自己的机会,皱着眉头问,"你怎么还订报纸啊?"

沈识檐把钱递给那人:"这不向你看齐嘛,多读书多看报。"

他碰了碰老顾,要老顾先回去加件衣服。

"我不冷!"老顾横着眼道,"我比你还壮,这天儿穿这个正好。"

沈识檐不理他,跟送报的师傅签完字以后就自己跑到屋里跟桂花奶奶要了件衣服。

"都这么大岁数了怎么还这么不听话呢?"他一边给老顾披上衣服一边絮叨,"别觉得自己多壮,最近感冒的特别多,年轻的都不敢穿这么点出来,就你厉害啊。"

老顾不服,"哼"了一声,瞄了一眼院里之后小声跟他说:"我刚刚偷偷喝了两口酒,浑身舒坦得不行,一点儿都不冷。"

沈识檐无言,跟老顾大眼对小眼瞪了半天。

"你不能……"

"我不能老偷着喝酒!"老顾心里跟明镜似的,首先抢断了沈识檐的话,"但你最近都不去拿酒,我都快想死了。那你老不去,我就一口都尝不着,你知道我有多难受呢,我不偷偷喝一口的话,没准儿早就病倒了。"

得,成他的不对了。

老顾又捅了捅他:"你到底什么时候还来朋友啊?"

闻言,沈识檐想了想,忽然轻轻地笑了起来。

"你小子笑什么?"

沈识檐摇摇头:"最近一直来朋友啊,很特殊的朋友。"

"那你怎么不……"刚要怪他有朋友怎么不把握机会喝酒,老顾就突然回过味儿来,对上沈识檐戏谑的眼睛,一愣,"你谈女朋友了?"

女朋友?

沈识檐想笑。他把手插进裤兜里,忍着笑意摇了摇头。

"不是女朋友,男生,比普通朋友好很多的那种。"

一听不是"女朋友",老顾立马没那么激动了。

"哪天你带他过来,到时候我给你弄两样你爱吃的,陪你们喝一杯,这回肯定可以当着桂花的面喝了。"

"好,等他有空就叫他过来。"沈识檐说。

等老顾小跑着进屋去跟桂花奶奶报告沈识檐的交友动态,沈识檐还在后面吼了一声:"下回不许再穿这么少出来!你小心感冒!"

这天下午,沈识檐的家门口就多了个报箱,来安装的人还给了他一个木牌,说愿意的话可以自己在上面写个名挂在箱子上。沈识檐回了屋,翻来覆去看那木牌半天,还是收到了抽屉里。虽然他的字也不差,但孟新堂的要更好看,还是等孟新堂来了让他写吧。

第二天下班回家,沈识檐在报箱里取了第一份报纸。他试着剪了一次报,贴在一个新的本子上,做完批注后端详了一会儿,觉得还算工整,于是拍了照,发给孟新堂。孟新堂的电话很快就回了过来,孟新堂笑着问他:"要开始养成老古董习惯了吗?"

"老古董有你一个就够了,我懒,做不到你那样。"他站起身,又翻了翻那刚用了一页的本子,"我可以在你没时间的时候帮你剪。"

那边沉默了两秒钟,传来低低的笑声。

"好,那以后我们两个的本子拼起来,刚好年年岁岁,一天都不少。"

沈识檐知道孟新堂不是刻意将话说得漂亮好听，这只不过是他在那一瞬间的自然想法罢了，所以沈识檐觉得，孟新堂一定是个天生的"正经诗人"，说着自己没有艺术细胞，却一本正经到迷人。

两个人又聊了几句这两天的工作，沈识檐想到今天那个常围着他转的小实习生吸着鼻子跟他请假，忍不住叮嘱道："最近好像感冒的人很多，你小心不要中招。该加衣服加衣服，多吃点水果增强点免疫力，万一觉得不舒服了赶紧告诉我，我指导你吃药。"

那边的孟新堂说"好"，让他不要担心，又说最近会很忙，有两个时间节点要赶，应该都没有时间过来找他，让他自己也要注意身体。

两个人也是在这种时候才觉得，这座城市是真的大，从孟新堂那里开车过来，竟然要两个小时。

"过度劳累，不注意休息也会使免疫力下降。"沈识檐强调。

"沈医生放心，"孟新堂笑道，"我会很听医生的话。"

沈识檐笑了几声，刚想说老顾邀请他来喝酒的事，就听到那边有人同他说了句什么。孟新堂很快低声同他说有点事情要处理，两个人便很快结束了这次通话。沈识檐看了看表，已经九点钟了，孟新堂还在加班吗？

这次的流行性感冒的确来得很凶，光是沈识檐的科室里，就已经有一小半的人不得不休病假。好在这阵子胸外科新来的病人不算特别多，已经住院的病人也没有什么很严重的突发情况，不然还在岗的这点人盯起来还真是够呛。

这天晚上沈识檐值小夜班，除了一个病人突然说胸口痛以外，竟然没再出什么别的岔子，平静得让值班的护士都觉得今天可以买注彩票，庆祝自己走了大运。一个年轻的护士却面无表情地看着电脑说："当你得意自己清闲的时候，就意味着即将迎来恐怖的伤病连击，这是我们医学院的师兄师姐总结出的定律。"

沈识檐看了看自己近几天的手术安排，觉得有些口渴，便起身去接了一杯水。手机铃声就是在这时候响了起来，饮水机忽断了下水，冒出一个空空的气泡，沈识檐的心突地一跳。

来电是一个陌生的号码，沈识檐接起来，听筒中传出来的声音却并不陌生。

"识檐哥哥！你快来看看我爷爷。"

沈识檐是一个无神论者，但很多时候会怀疑，人对于灾祸是有感知的，或者说，他对于死亡是有感知的。就像当年他父亲去世的那个早晨，他正在宿舍，准备去上第一堂课，刚刚拿起书包的时候，手机铃声也是这么仓促急迫地响了起来。被铃声刺到耳朵的第一秒，他就直觉这个电话传递的是一个不好的消息，因为那是早上的七点二十分，根本不是该接到电话的时间。

现在也是，晚上十点半，本该寂静。

27

沈识檐只来得及在门口交代一声,便冲向了急诊楼。顾陈念正站在门口捂着嘴巴无声地哭,一只手死死地抠着门框,见到他来,哆哆嗦嗦了半天,也没能说出一句完整的话。

沈识檐看到老顾紧紧地合着眼躺在床上,呼吸面罩将他的脸勒得青白。那一刻,沈识檐甚至可以在一片混乱中听到自己粗重的呼吸声。

而他还没来得及迈动步子、走到床边,就听到了一声很熟悉的长音,沈识檐的腿忽然就软了。

"青霉素过敏,死亡时间……"

耳边响起一阵恸哭声,是顾陈念。

沈识檐在那时很希望自己是出现了幻觉,或者只是做了一场惹出满头汗的噩梦。明明前几天还生龙活虎说要和他喝酒的人,怎么可能会这样躺在他的面前?

可是并没有梦醒。

"我爷爷只是感冒啊……他只是感冒……"顾陈念扑到了病床前,攥着老顾的手,在满眼模糊的时候看向沈识檐,"识檐哥哥,你快一点……快一点救救我爷爷……"

听到这话，负责抢救的医生这才转头看向后方。

沈识檐感觉到有人拍了拍他的后背，对他说了句话。紧接着，屋子里其他的医生、护士都出去了，只剩下了他们三个。

青霉素过敏，青霉素过敏……沈识檐的脑子里只剩了这几个字，直到他触到老顾冰凉的手，才猛地清醒过来，发了抖。是真的有点站不住，他都不知道自己是什么时候跪在了床边。顾陈念还在哭，他静静地看了老顾很久："老顾啊……"

这样的会面对于他们两个而言实在太陌生，叫了一声"老顾"却没人应，沈识檐怎么也不知道自己应该说些什么。第一次，沈识檐想像许多曾经见过的崩溃到失去理智的家属一样，要他起来喝酒，要他快点跟自己回家。

他狠狠地闭了闭眼睛，握着老顾的手抵到额前。

"你生病了，要给我打电话啊。"

放着我这么个医生不用，你瞎跑去输什么液呢？

走廊里，有个年轻的医生正抱着头蹲着。在沈识檐出来时，他颤抖着嘴巴站起了身，可或许是因为站了太久，或许因为心中已经盛不下的恐惧和愧疚，根本没有站直身体，而是像个年逾古稀、驼了后背的老人。

"沈医生……我真的不是故意的。"

沈识檐认识这个人，是他家那边一家诊所的医生，有一次他缠义甲的胶带没有了，临时去他那里买过一卷医用胶带。

"为什么会出现这种程度的过敏？"沈识檐看着他的脸，出口的话很平静，甚至接近冰冷。

"换了……"那个医生忽然开始哭，呜咽着，捂着嘴巴垂下了头，"今天换了一批药，我……我前天做了皮试的……一点事都没有……"

"鉴于国产药物因不同工艺流程所含致敏物的种类与数量不同，用药中途更换不同厂家或同一厂家的不同生产批号的药物时应重新做皮试，以策安全。"

一直安静站着的沈识檐，忽然一把拽住面前人的领子，狠狠地将他拉到眼前，接下来的每一个字都好像用牙齿磨过般，带着狠、带着疼："你上学没学过吗？"

"我不是故意的，"年轻的医生拼命摇着头，"沈医生……我认识顾大爷，不会害他的，是……他看他孙女睡着了……就让我不要做皮试了，快一点输完……我觉得前两天一直挺好的，也没事，就……对不起……真的对不起……"

沈识檐一动不动地看着他，面无表情地听着他的解释、忏悔。默了半晌，他颓然松开了他。这个人还穿着一身白大褂，几乎每天都看得到的衣服，这会儿却刺得沈识檐眼睛生疼。

转身离开前，他说："脱了这身衣服吧。"

这世间有那么多种职业，唯有医生，是负责修补生命的。而没有任何一条生命，担得起"对不起"三个字。在疼痛与麻木中，沈识檐想起来，是他的父亲这样对他说过。

老顾的儿女很快就赶到了医院，他们没有在大晚上惊动桂花奶奶，顾陈念的妈妈去了四合院陪着。

当医生这么多年，沈识檐第一次提前交了班。在办公室脱衣服的时候，他忽然就没了力气，瘫软滑到地上，坐了很久。

桂花奶奶血压高，而且腿不太好，所以晚上的时候大家没有叫醒她。到了第二天早上，瞒不住了，老顾的女儿才在她醒来时轻声对她说："妈，爸走了。"

当时沈识檐也在，或者说他一晚上都没有离开老顾家，因为怕桂花奶奶情绪太激动，再出什么意外。

已经布满了褶皱的眼皮颤了颤，很久，老人才抬手，拢了拢耳侧还未梳整齐的白发。

"走了啊……"桂花奶奶说话的声音很小，像是不自觉地呢喃。静了一会儿，她拉住女儿的手，仰着头问女儿："不是……只是感冒吗……哦，念念给他量了量，还有点儿发烧……怎么，就走了？"

说最后一句话的时候，桂花奶奶看向了沈识檐，可能是因为这一屋子的人里，唯独他是个医生。沈识檐从那双眼睛里看到了信任，看到了期待，还有泪水。他蹲下的动作显得艰难僵硬，握住那只已经显出了清晰血管脉络的手，费了好大的力气，才从喉咙里挤出一句话。

"老顾输液过敏了，没抢救过来。"

他看到那双眼睛闭了一瞬，又睁开，变得像是漫了大雾般混沌。他被生疼酸涩的感觉堵得无法再开口，就只得紧紧地攥着她。

老顾的女儿又哽咽着解释，沈识檐自始至终都没有勇气抬起头。

手里的那只手忽然动了动，面前的人也不再安静地坐着，似是挣扎着要起身，沈识檐匆忙扶住桂花奶奶。

她却拍了拍他的手，说了一句："我去看看他。"

老顾的葬礼办得很低调，除开了三瓶好酒，郑熹微带来了一大篮白菊花，就没再添什么别的。酒是沈识檐洒的，因为桂花奶奶说老顾最爱跟他喝酒，时常念着、想着。

"一下子喝三瓶，可是对身体不好。"桂花奶奶抹了抹眼角，叹了口气，"可是我又心疼你一个人走，就多给你拿了点，让你解解馋，但最好留点在身上，想喝的时候再喝。"

沈识檐看着那一摊酒渗入地里，蜿蜒成一个奇特的形状。酒香直漫到了天际，他不禁想，老顾这会儿该抿一口，眯着眼咂着嘴，夸自己的酒真香了。

临近太阳落山的时候，沈识櫅没想到孟新堂会过来。见了面，两个人都没说话，沈识櫅领他去给老顾上了香。变成了黑白色的老顾依旧笑得挺开心，沈识櫅想起自己订报纸的那天，老顾跟他说，赶紧把人领过来看看。

沈识櫅知道老顾有多不放心自己，多希望自己以后有个可以搭伴的人。这小老头儿整天念叨让他赶紧找个女朋友，听到谁家有适龄的姑娘都要多打听两句，生怕他一直这么孤身一人，连个说话的人都没有。

老顾心疼他，特别心疼，从十年前的中秋，串了很多条街去给他买他爱吃的豆沙月饼开始，他就明明白白地知道了。

沈识櫅去酒房取了一瓶酒，和孟新堂一起敬了老顾。两杯酒洒完，他才觉得，老顾的丧事是真的办完了。

孟新堂在九点钟要开始盯一个产品的测试，前前后后的时间算下来，在这里也只能待不到一个小时。他看到沈识櫅苍白的脸色，摸出手机，踟蹰了好一阵。沈识櫅没容他想办法，摘下眼镜递给孟新堂，到院子里洗了把脸，转头说："我送你出去吧。"

快走到胡同口时，沈识櫅停了下来，问孟新堂有没有烟。孟新堂从兜里掏出半盒烟，低头打开的时候，听到了响在寂寥的空气中的声音。

"昨天早上没听见老顾吊嗓子，我该去看看他的。"

他抬起头，看到沈识櫅正垂着脑袋，额前半干的碎发被风吹得飘摇。

他攥紧了烟盒，却很轻柔地揽住了沈识櫅。

"识檐，谁也不能预知接下来要发生的事。"

这道理，沈识檐又怎么会不懂？只是懂是懂，情是情。

抽完一支烟，沈识檐又从孟新堂的手里抽了一支，接着，第二支，第三支，直到烟盒空掉。孟新堂沉默地陪着他，不说话，只在他含上了一支新的烟时，凑过去为他点着，偶尔亮起的小火苗和烟头的火星，便是这黑夜里唯一的光。

抽完烟，沈识檐催促了一声："好了，烟都没了，你该走了。"

孟新堂伸出手，用弓着的手指背侧轻轻碰了碰他的脸。

"到了我给你打电话，晚上好好休息，不要想太多，好不好？"

"放心，"沈识檐点了点头，"明天我还有一天的手术，不敢不好好睡觉。"

等孟新堂走了，沈识檐又在胡同口站了好一会儿，也不知道怎么回事，没什么意识地就走到了那棵大树下。常聚着一帮大爷的地方此刻空旷得很，没有乐声，没有戏声，唯独一个石凳上，坐着一个散着齐肩头发的小姑娘。

沈识檐走过去，坐到顾陈念的对面，问她冷不冷。

顾陈念的脸上还留着泪水刚刚干涸的痕迹，她看了沈识檐一会儿，忽然问："爷爷是看我睡着了，想早点让我回去睡觉，才说不做皮试的吗？"

沈识檐的呼吸沉了沉，因为他觉得这话中的感情，还有顾陈念的眼睛，是那么熟悉。很多年前，许言午也是这么看着他，问他，是因为我生病，叔叔带我去儿科看病，才会碰上他们，被他们害死的，对吧？所以，也相当于，是我害死了叔叔。

沈识檐恍惚到觉得失了重。

他没有说"是",也没有说"不是",因为他很清楚,即便他说"不是",顾陈念也会像当年的许言午一样,认定了那个肯定的答案。

他忽然觉得,原来这就是生活,很多事情都在重演,上帝挑挑拣拣了许多不同的人,让他们去经历类似的事情。

"该怎么治病,是医生说了算的,做不做皮试,也是医生说了算。"这是他今天说的最长的一句话,一字一顿,清清楚楚。

话说出口,他才觉得依然不妥。可没等他挽救,顾陈念就已经开始大哭,她把手捂在脸上,泪水却从她的指缝中淌了出来。

"我是不放心爷爷自己去输液才跟着去的,我也不知道我怎么会睡着了……我为什么会睡着了啊!"

到最后,顾陈念崩溃地哭喊,沈识檐起身走到她身边,揽住她的肩膀,一下一下拍着她的后背安抚着她。

夜风把光秃秃的树枝吹得乱颤,沈识檐看了看头顶那一弯惨淡的弦月,有些愣神。明明是好好的一盘圆月,却非要被生生咬下去一大半。

孟新堂到了研究院,在去实验间的路上给沈识檐打了个电话,沈识檐说已经躺下,要睡觉了。

路上有拿着记录单的人跟孟新堂打招呼,孟新堂顶着有些凉的风回了一声。

"好了,我要睡觉了,你好好工作。"

"好,明天你手术完,我再给你打电话。"

而到了第二天,在沈识檐的手术预期结束时间过去了很久之后,孟新堂却始终都打不通沈识檐的电话。他在办公室里坐立不安,担心沈识檐现在的状况。实在不放心,孟新堂和同事打了声招呼,说今天自己不加班了,进度会在明天补上,便拎上大衣出了门。

孟新堂出来才发现外面下了雨,冷得人直打寒战。

孟新堂是在医院后门的一个楼梯口找到的沈识檐,他坐在最低两级台阶上,头倚着墙壁,在闭着眼睛睡觉,只穿了一件毛衣。雨幕就在他面前不远处,像是一层纱,隔开了他与流动着灯光的大街。

孟新堂走过去,收了伞,蹲在他面前。沈识檐的嘴巴周围有刚冒出的青色胡楂儿,这是他从没见过的。

"识檐。"

听到轻唤声,沈识檐的眼睫抖了抖。他慢慢睁开了眼睛,但依旧维持着刚才休息的姿势。在看了孟新堂两秒钟之后,他哑着嗓子小声对他说:"累死我了。"

孟新堂探了探他已经很凉的脸:"回家睡吗?"

沈识檐蹭着墙壁摇了摇头:"累,动不了。"

"那就在这儿睡一会儿。"孟新堂很快说。

这个楼梯间是很早之前就有的,而自从医院重新修建,为这栋楼扩出了两道新的门,这里就已经几乎无人再通行。孟新堂将那把黑色的雨伞撑开,靠着墙立在沈识檐的身前,又脱下自己的大衣,披在他的身上。

沈识檐感觉到身上落下的暖,睁眼看了看他。

"睡吧。"

不过两天而已,孟新堂就已经觉出沈识檐瘦了。

沈识檐好像真的又睡了过去,呼吸均匀,安安静静的。

路上行人寥寥,且大多撑着伞,仓促匆忙地走过。有个小孩子在过马路时跑了两步,被妈妈抓着雨披拎回路边,扳正了身体教训着;街对面的出租车下来了一个慌张的男人,顾不得明晃晃的灯光和近在咫尺的斑马线，径直冲过了马路……孟新堂突然想，若是自己可以让沈识檐做一个千万种世事的旁观者就好了，那样，便不用再经历那么痛的离别。可行走在世间，再清逸的人，都不可能片叶不沾身。

更何况沈识檐比谁都有情有义，也比谁都承担得起。

雨势渐大时，孟新堂忽觉得有微凉的东西，沾湿了他的肩膀。而今晚没有风，所以绝不会是偷偷飘进来的雨。

他愣了愣，抬起手，轻轻拍了拍沈识檐，果然，那里有两行透亮的泪。

孟新堂拭去那两行泪，收紧了手臂。

"别哭。"

28

因为第二天沈识檐不需要去医院，孟新堂便载着他回了自己家。沈识檐是真的累坏了，刚上车不到三分钟，便又睡了过去。到了地方，孟新堂犹豫一会儿，还是叫醒了沈识檐。

"到了吗？"沈识檐迷迷糊糊地睁开眼，看清眼前的楼之后，忽然想起以前孟新堂说过，要带他认个门。他还坐在座位上，仰着脖子猜着哪一户是孟新堂家，身侧的车门已经被打开。

"是里面那一栋，"孟新堂扶着车门，问他，"走得动吗？"

沈识檐点了点头，下车。他今天没有穿大衣出来，孟新堂把自己的给了他，所以孟新堂这会儿就只穿了件衬衣。沈识檐将大衣披到他身上，说："你里面比我穿得少。"

孟新堂却又拂下来，披回他的肩上。

"我不冷，你穿着。"

两个人冷不防对视上，谁也不动弹地立在那儿。沈识檐微微扯了下嘴角，拎着那件大衣问道："我们要在这里冻着，争论谁该穿大衣吗？"

"还有一个办法。"孟新堂想了想，说道。

他将大衣拿过来，拽起沈识檐的胳膊，将大衣一侧的袖子套了上去。沈识檐身上没使半分力，任他摆弄着，眼睛却一直盯在他的脸上，等他给自己一个合理的解释。

慢条斯理地帮沈识檐穿好大衣，连扣子也细细扣好之后，孟新堂才半蹲下来，对身后的人说："上来，回家。"

沈识檐愣住，没想到孟新堂会演这出。

见身后的人没动静，孟新堂便背着身子拽了拽沈识檐的袖子："上来，背着你就不冷了。"

沈识檐趴到孟新堂的肩上，在看到两个人叠在一起的影子之后，才觉得这情景有些过分煽情了。孟新堂一步一步地朝前走着，两个人的影子一晃一晃，却始终共同向前，掠过湿漉漉的地面，也掠过了水中倒映的星月光辉，寂静黑夜。深夜的小区安静得仿似静止，一刹那，好像整个世界，就只剩了他们两人在相伴携行。

沈识檐的轻笑就在孟新堂的耳边回响，这笑声比平时低了几分，也变得更轻缓。孟新堂听见他问："重不重？"

"不重，"孟新堂很快说，"瘦了，要多吃点。"

沈识檐没说话，静静地趴在孟新堂的背上，脸贴着他的肩膀，闭上了眼睛。

快到楼下的时候，孟新堂忽然说："我搬一些东西到你家好不好？拿几件衣服，以后有时间就在你那里住。"

沈识檐睁开眼睛，停了一会儿，说"好"。

那天两个人依旧睡的一间屋，孟新堂缓慢轻柔地给他讲着自己小时候的事情，讲着自己的父亲和母亲。

"小时候还好，见他们的时间还多一些，在我十五岁以后，唯一和我父亲一同进行的活动是爬山。"

"爬山？"

"嗯，是在我十八岁的冬天，他告诉要在冬天爬山，才能体会到山顶的样子。我们在天不亮的时候开始爬，那时候觉得很冷，四周都是冰凉的，到了山顶的时候出了太阳，前方是红的、暖的，很漂亮，也的确很有成就感。"

沈识檐想了想，笑了。孟新堂便问他笑什么。

"你父亲虽然陪你的时间不多，但好像该教你的，都教会了你。"

孟新堂点了点头。的确，这么多年，他的父亲虽没有教过他什么具体的知识，更没有什么温情的陪伴，但教了他坚韧，教了他不为风霜所摧。

沈识檐一直和他说着父母，听完他的又说自己的。到了他终于开始一下一下合着眼睛的时候，孟新堂说："再过两周，我们去爬山，不用太长的假期，周末就可以。"

沈识檐在黑暗中说出了一声"好"，便沉沉地睡了过去。孟新堂安静地看了他好一会儿，才轻轻道了一声："晚安。"

第二天，孟新堂还要上班，便早早起了床。他放轻了手脚到厨房准备早餐，却没想到正煎着鸡蛋的时候，大门被打开了。孟新堂诧异片刻，赶紧拧灭了火去制止客厅里孟新初的叫喊声。

"哥！我们昨天发的水果，我给你拿过来了两箱啊！做好早餐没？我要……"

"嘘。"孟新堂竖着手指警告。

"吃饭……"

孟新初不明所以地降了音量，之后纳闷地问他这是在干什么。

孟新堂朝着卧室扬了扬下巴："有人在睡觉。"

"我……"孟新初话刚出口,就在孟新堂的皱眉中捂住了嘴巴。

"不好意思、不好意思,我太激动了。"

说完,孟新初猫着腰就往卧室蹭,结果被孟新堂一个闪身挡住,顺带警告她不要乱来。

"没乱来啊,"孟新初小声辩解,"我看看我嫂子长什么样,早晚都是一家人,有什么好藏的?再说了,都是女的怕什么?"

孟新初推了推孟新堂的腰,叫他让开。

"不是嫂子,"孟新堂拿着铲子再次强调,"他是男的。"

孟新初的嘴巴半天没合上,最后又憋出一句:"不是嫂子啊。"

孟新堂看了看表,觉得不能再和孟新初掰扯下去了,索性把她拉到了厨房,看着她,不让她动。

孟新初刚想接着说什么,就听到卧室的门开了。她一个激灵,拔腿就要往外跑。孟新堂赶紧一把拽住她,小声提醒道:"我提前告诉你,不要太欢乐、太跳脱,这几天发生了一些事,他心情不好。"

"什么事?"

"不好的事。"孟新堂简明扼要地提点她。

看着孟新堂的表情,孟新初也大概了解了事态,立马收敛了脸上的笑容,保证道:"你放心,我有分寸。"

孟新堂看着她扒开自己跑出去,抽了一张纸巾,开始仔细地擦拭盘子边缘。果不其然,约过了十秒钟之后,外面传来一声"我的天"。

三个人坐在餐桌上吃饭,孟新堂和沈识檐坐了一边,孟新初自己坐了一边。在一片诡异的安静中,孟新初看着孟新堂给沈识檐盛了一碗粥,还提醒他小心烫,又递了个小豆包过去,还挑的是最好看的、没沾上水蒸气的那个。

孟新初没忍住爆了一句粗口,她都不知道今天早上自己爆了多少句粗口。

孟新堂听到,抬头又给了她一个警告的眼神。

"你不吃饭吗?不是八点半要打卡?"

"还打什么卡……"孟新初嘟囔。

"快吃饭。"

相比之下,沈识檐倒是很淡定,除了刚刚见到孟新初时错愕了那么几秒钟,接下来都自然得很。他吃完一个豆包,手指捏在一起搓了搓。

孟新堂很快递给他一张抽纸。

沈识檐接过来,擦了手,慢悠悠地搅着粥说:"我还以为你早就知道是我了。"

"怎么可能?!我要知道早给你发微信了好吗?"孟新初刚激动起来,又马上想到刚才孟新堂的话,咬了咬嘴巴,把接下来想说的话咽回去,塌了腰,老老实实地开始吃饭。

沈识檐却笑了笑,问:"新初,怎么了?"

孟新初瞥了对面的两人一眼,自己斟酌了好一会儿,才叹了一口气,放下了碗筷。

"哥,你怎么回事?我说你怎么之前变着法地在我这儿套我男神的信息,"她白了孟新堂一眼,"你说你费这劲干吗?你们俩早说你们合得来啊。早点让我知道,我上学的时候就把我男神领回家了好吗?这样我还能顺理成章地跟我男神多点相处的机会。"

沈识檐含着筷子笑了,虽然很轻,但孟新堂知道他这是真的在笑。

立冬那天,沈识檐听到医院里的护士念叨,才想起来要吃饺子。

中午在病房耽搁了一会儿，到食堂的时候已经没了水饺，他随便打了两个菜，找了个靠窗的座位吃着。身边忽然坐下来了个人，是老院长，虽是副职，但德高望重。老院长把饺子盘往这边一推，说："吃两个，多少是个意思。"

沈识檐笑了笑："咱北方有什么节都吃饺子，您看今儿立冬吃饺子，过一阵子冬至，还是吃饺子。"

虽是这么说着，但沈识檐还是伸着筷子夹了一个。西葫芦鸡蛋馅儿的，他最爱吃的饺子馅儿。

老院长就坐在他对面，两个人有一搭没一搭地说了不少。快吃完的时候，老院长忽然问："我听说之前出了件事，青霉素过敏的那位病人，他的家属……怎么样了？"

沈识檐握着筷子的手顿了顿，一言不发地看着对面的人。他看到老主任有些不自在地夹了一个饺子，滚了满身的醋，却还接着在醋里来回晃着。老主任轻咳了一声，似是在提醒什么，可沈识檐始终紧紧抿着唇。

"那个孩子，其实是我家的一个亲戚。"老院长抬着眼皮看了他一眼，面上有些尴尬和难为情，"我知道这事儿以后，不知道骂了他多少回，他也跟我哭过好多次。小沈，我知道今天我不该来说这些话，但是他爸妈求着我非让我来找找你，问能不能跟病人家属说说，私下里和解，赔多少钱他们都愿意。"

沈识檐的盘里还剩了一口米饭，他一下一下地戳着米饭粒，忽然不合时宜地想到了那天孟新堂背着他，他枕在孟新堂的肩膀上，一侧脸颊触到的是孟新堂肩头的温热，另一侧脸颊触到的，却是冰冷的夜风。那种温度和情感的反差太大，让他印象深刻，也格外动容。

沉默很久之后，沈识檐才抬起了头。

"院长，我记得有人说过，医生的错误会随着死亡被埋进地下，只要别人不知道是你错了，你就还是个救了许多人的好医生。"他偏头，扯了扯嘴角，"这话真的特别可笑，对吧？"

29

孟新堂把带来的衣服同沈识檐的放到了一个衣柜里。沈识檐还算讲究穿着，但不会大量购置衣物，所以在孟新堂来之前，他屋里的大衣柜也不过填了一半多一点。沈识檐看着孟新堂收拾衣服，笑了笑说："你的衣服可真是……单调。"

孟新堂看了看自己的，又看了看一旁沈识檐的。的确，一眼看过去，他的衣服可以全部被囊括在黑、白、灰三个颜色之中，而沈识檐就不一样了，光棉质衬衫，就有白色的、浅蓝色的，甚至还有一件是很淡的粉色的。孟新堂偏了偏头，将那件淡粉色的拎了出来。

"怎么没见你穿过这件？"

沈识檐一只手扶着柜门，另一只手捂了捂脸，把头靠在上面笑。

"当时去买衣服，我看小姑娘说得实在太辛苦，就把它买了，但是实在有点粉嫩，我都三十多岁的人了，好像没什么场合可以穿它，也不太像我的风格。"

孟新堂拿着衣服在沈识檐身上比了比，不赞同地说："我觉得你穿会很好看，你皮肤白，而且并不像三十岁的人。"

沈识檐纠正："三十一岁了。"

孟新堂笑了，引用了孟新初常说的一句话："你永远十八岁。"

他将衣服挂回去的时候又说了一句："等以后我们一起出去的时候你可以穿。"

闻言，沈识檐靠在那里一动不动地盯着孟新堂看，孟新堂也同样微微笑着看他。看了那么一会儿之后，沈识檐因为鼻子不通气，吸了一下鼻子，孟新堂一下子破功，笑了出来。

沈识檐叹了口气，转身到桌子上拿纸："煞风景。"

孟新堂关上柜门，笑着跟在他后面。

或许是因为这一阵太累，情绪也不好，沈识檐的感冒竟然拖拖拉拉了半个月都没好。孟新堂给他倒了杯热水，递到他手里的时候，发现他的手是冰凉冰凉的。

"穿着毛衣还冷吗？"孟新堂皱着眉拉过他的手。

"我大概是体寒。"沈识檐蜷起手指，挠了挠孟新堂的掌心。

孟新堂被痒得躲了躲，又笑着乜了他一眼，攥住他的手不让他再动。

"去看看中医吧，喝点中药调理一下。"

"哎别，"沈识檐截住他的话，"虽然我是个医生，但真喝不了中药，那味儿，小时候我喝一碗中药得吃半斤糖。"

孟新堂看他皱着眉的样子，忍不住笑："也是，你爱吃甜食。"

这话提醒了沈识檐，他都不记得上次吃甜品是什么时候了。他不由自主地摸了摸肚子，盘算着什么时候有空去甜品店补给一下。

这日的天气冷得像要下雪，傍晚，沈识檐在花房忙活完回来，停在院子里看着渐暗的天空发呆。也不知道是不是心理作用，老顾走了，桂花奶奶搬去了儿子家，他总觉得这条长长的胡同一下子变得安静了。按理说，以前老顾除了偶尔亮亮嗓子，也没什么别的大动静啊，桂花奶奶就更安静了，有时一天都不带出门的。他忍不住想，到底是寒冷的冬天使这条胡同静了下来，还是绵长的思念使它安静了。

孟新堂拎着饼回来，看见沈识檐正蹲在院子里仰着头抽烟，也没穿外套，形单影只地暴露在昏昏沉沉的光线中。风不小，将他的头发吹立起了几撮。

"哎。"没等孟新堂开口，沈识檐就先打断了他，用夹着烟的手蹭了蹭鼻子，弯着眼睛说，"知道错了，你别批评教育。"

孟新堂无奈地走近，拉着他的一只细手腕把他拽起来。

"那就进屋去。"

沈识檐被孟新堂推着往里走，眼睛却瞄到了孟新堂手里的东西，他指了指，眼睛的形状变得弯弯的："这是什么？"

"甜品。"

屋子里的暖气很足，沈识檐站在暖气旁焐着手，看着孟新堂将袋子里的盒子一个个掏出来，整整齐齐地摆好，又拿了刀叉，放在小盘子里——两副。

沈识檐搓着手坐到桌旁，用长长瘦瘦的手指拖过一个巧克力熔岩蛋糕的盒子。透明的盒子打开时有噼里啪啦的声音，沈识檐就爱听这热闹。

他看了看已经在对面坐好的孟新堂，奇怪道："你不是不吃甜品？"

"不是有人陪着吃，会事半功倍吗？"孟新堂把刚打开的一块蛋糕推到沈识檐眼前，又去开下一块，"你先吃。"

沈识檐面上平静，垂眸看了蛋糕一眼："大晚上的，吃多了会发胖。"

"你太瘦了，该长点肉。"

沈识檐又说："你买得太多了，吃不了。"

"你想吃几口吃几口，剩下的给我，这样你可以多吃几样。"

这回沈识檐没话说了，叹了一口气，歪着头看着孟新堂笑。孟新堂对上他的眼睛时，觉得这笑容晃得自己像是看到了一个花好月圆夜。

"叹什么气？"

沈识檐摇了摇头，叉了一小块蛋糕放到嘴里。

"就是觉得，你可真好。"

孟新堂笑着看他吃，再接过他叉掉了一半的蛋糕。也是第一次，孟新堂觉得甜品好像也没那么难吃，挺甜的。

"等你感冒好了，我们去玩吧。"孟新堂忽然说。

沈识檐一愣，抬头："玩？"

"嗯。"孟新堂点了点头。

沈识檐笑了，饶有兴致地问要去哪里。

"这个还没想好，你有什么想法吗？"

孟新堂说这话的时候一本正经，脸上也有些严肃的神情，沈识檐想笑又不好意思笑，只好忍着说道："没经验。"

他本来估摸着孟新堂说的出去玩应该就是看看电影、听听音乐会，或者再特殊些，去看看艺术展之类的，他甚至考虑了最近的一个科技展。可没想到几天之后在和孟新堂通话的时候，孟新堂问他要不要场爬山。

去爬山吗？好像之前孟新堂确实说过周末去爬山。沈识檐这么想着，回答便迟疑了几秒钟。孟新堂便在那端解释说："我之前和你提过，我是觉得适当锻炼还是好的，正好又是冬天，很适合爬山。如果你觉得不够好，我还有下一个提议。"

沈识檐不热衷于运动，但回想起那日孟新堂曾讲过的与父亲有关的话，便立即应了下来。

"挺好的啊，这个周末吗？"

"嗯，去邻省吧，有一座新开发的山，我朋友上周去的，说景色还不错。"

两个人第一次出去玩的计划就这么敲定了下来，挂了电话，沈识檐还是觉得不可思议，自己一个读书时连体育课都躲在大树冠下的阴凉里听歌的人，竟然会同意把冬天爬山作为一个娱乐项目，而不是体育锻炼项目。

他暗自笑着摇了摇头："失去理智的人啊……"

孟新堂虽已经将衣服什么的搬到了沈识檐那里一些，但其实真正能在那儿住的时间很少，只有不加班的周末才能来待两天。他们本来定了周六上午出发，周五晚上孟新堂过来，但下班时，孟新堂又被事情拖住了脚。孟新堂不得不给沈识檐打了个电话，告诉他要周六早上再去接他。沈识檐便问需不需要给他带什么，孟新堂说不用，后来又说，想吃糖的话可以带几块，顺便补充能量。沈识檐连着"哎哎"了两声，打断了他的话。

"你还真当我是个小孩儿了啊。"

孟新堂低低地笑了两声，反问："不是吗？爱吃甜的。"

沈识檐轻轻捏了捏一个刚长出来的花骨朵，闻了闻指尖的香气，反驳："甜食和小孩是不对等的，你逻辑错误。"

"不承认。"孟新堂笑说。

"开始不讲理了你。"沈识檐说完，忍不住笑出了声音。孟新堂静静地听着，把听筒又贴近了耳朵一些。

晚上加完班回去上电梯的时候，孟新堂还在一条条地想着有没有什么没带的，到了家又把东西确认了一遍，确定没问题了，才开始装包。但装包时意外地发现，两副手套中有一副旧的已经开了线，孟新堂将那只坏了的手套拿起来端详了半晌，判断自己应该没有这个能力修补它了，转念一想，自己好像还有一副新的，只是忘记放在哪里了。

午夜零点半，孟新堂开始翻箱倒柜地找手套，他记得就放在了书房的柜子里，可找了半天也没有找到。斟酌片刻，他还是给孟新初发了一条求助微信。这姑娘果然在熬夜，几乎是秒回，告诉孟新堂上一次她帮他收拾书房时，把那副手套放到了柜子上层的抽屉里。

孟新堂按照孟新初说的找到了手套，关上抽屉的时候，目光却扫到了一侧的书格，里面整齐地排列着他这么多年的剪报。

后来回想起来，他也不知道为什么会在那么晚的时候去翻阅自己的剪报本，或许是因为他第一眼看到的那个本子脊上的日期有些特殊，让他一下子就想到了沈识檐。

2008年1月至6月。

孟新堂将手套放在一旁，抽出了那一本剪报，无意识地，就翻到了那个充满悲伤与痛苦的5月。

5月12日，剪报的内容是两则地震的初步灾情报道。

5月13日，第一则依旧是灾情报道，发生了余震，第二则是救灾情况总结。

5月14日……

翻到这一页时，孟新堂的手指顿住，捏着的那一页纸迟迟没有落下。

这则新闻配了两张图片。

第一张是一个年轻医生的背影，正在一片废墟中的一小块平地上给一个小女孩做急救。贯穿了整张图片的，是一根断木，它应该是刚刚落下，四周甚至还有断木落下时扫起的尘土。而触目惊心的是这根断木只有两个着力点——一个是一端的地面，另一个，便是年轻医生的右肩。

第二张，年轻的医生将小女孩搂在了怀里。照片上只有医生的背影，所以孟新堂看不到他的表情，但能看到他收紧了的胳膊、深埋着的头。他的身边多了两个人，是两位战士。他们站在他的旁边，扛起了本来压在他肩膀上的木头，脱帽致敬。

被夹在指间的纸开始簌簌发抖，像是穿越了多年时光，小心又轻柔地拨弄着这看似平静的夜。孟新堂这才知道，原来亲眼看到自己的挚友所遭受的苦难时，真的会觉得天塌地陷。

——忘了问你，肩膀是怎么弄伤的？

——以前不小心被砸的，已经没事了。

孟新堂吸了一口气，又很轻、很慢地呼出来。他的目光下移，看到了自己的点评——平时他的点评，再短也要逾两行，这一页却只有寥寥几个字，而且难得文艺，难得煽情，不知是在说这位或许已在废墟中泪流满面的年轻医生，还是在说那正承受着剧痛的国家。

"向着朝阳，我走过冬夜寒风。"

原来，这才是他们的初遇。

花香和晨雾搅在一起的时候，沈识檐推开了院门，却没想到，入目的不是红墙砖瓦、攀檐鸟儿，而是立在门外的孟新堂——挺拔，安静。

"怎么这么早就过来了？"

孟新堂始终定定地看着他，在他发声询问时，才缓缓扯起了嘴角。孟新堂忽然走上前，紧紧地搂了一下沈识檐。

沈识檐愣了一瞬，微微仰头，问道："干吗？"

孟新堂说："我来道歉。"

"道歉？"沈识檐没听懂。

"你不是小孩子。"

听到这无厘头的一句话，沈识檐立马笑了，他以为孟新堂是早起逗趣，便开玩笑地问："怎么想通了？那我现在是三十一岁的成熟男人了吗？"

"不是。"

沈识檐"哎"了一声，说他没诚意。

孟新堂靠近他。

"是英雄。"

——而我真的很抱歉，没能在第一眼认出你。

陆 余岁

——想买束花给你,可路口的花店没开,我又实在想念。

30

孟新堂开始做一项新的工作，忙了一整个冬天。沈识檐做的剪报都已经有了厚厚的大半本，可掰着手指数数，他们两个都得空能够见面的日子，实在少得可怜。平时在医院里忙得脚不沾地，沈识檐倒还没觉出什么来，等到自己在家歇着的时候，才会倏然觉出些空静。

沈识檐伸了个懒腰，到院子里点了一支烟。他摁开收音机，眯着眼睛蹲在地上，对着院墙外光秃秃的树枝尖发呆。

屋里的手机突然响了起来，沈识檐一愣，起身时，匆忙打乱了一个刚腾到空中的烟圈。

"在干什么？"

孟新堂的声音听起来有些哑，沈识檐侧了侧脑袋："发呆来着，你很累吗？"

"加了几天的班。"

孟新堂不急不缓地说着，沈识檐又走到了院子里，在台阶上坐下。等电话讲了一会儿，他才发现指间夹的烟不知什么时候已经灭了。他发出一声轻微的叹，那端的孟新堂听到，便询问怎么了。

"本来点着烟来着，跟你一说话忘了，都灭了。"

孟新堂笑了一声:"再点着不就行了?"

沈识檐却说:"烟不点第二次。"

"为什么不点第二次?"孟新堂以为是有什么他不知道的讲究,可转念一想,沈识檐可不像是会遵守那些"老辈子说法"的人。

"我是这样的。你看,抽烟是为了某种情绪,如果这支烟燃断了,说明情绪变了,"沈识檐笑了笑,"既然情绪都变了,也就没什么再点的必要了吧。"

那边孟新堂静静地想了一会儿,伸出手,拨了拨一旁窗台上未化的雪。他拨落一小撮,很小,落到地上几乎都寻不着。

"好像很有道理。"

沈识檐轻笑,说他倒是好说服。

"那这支烟,是为什么情绪点?"孟新堂看到远处院里有一对小情侣,依偎着走过了宽阔的停车场,"今天可才周二,这么早就把这周的份额抽了?"

听筒中静默了一小会儿,随后传来一声低笑。

"可能是因为心里空落落的。"

窗台的雪一下子被拂落了一大片,它们灰头土脸地扑在了地上,狼狈,却又别样生动。

两边忽然都没了声音,听筒中寂静了好一会儿,才传来孟新堂的一声轻唤。

"识檐。"

孟新堂紧了紧手中的电话:"腊月二十九的晚上,院里会组织新年联欢会,过来看好不好?"

"你们院我能去吗?"沈识檐马上问。

"可以,晚会是面向职工及其亲友的。"孟新堂停了一会儿,不自觉地将声音放得很轻,甚至细听,都已经夹杂了一点叹息。

"过来吧,我很想见你。"

于是腊月二十九那天吃完午饭,沈识檐就开始在家准备今天出门的行头。他将衣柜里的衣服溜了一个遍,最后拎着那件粉色的衬衣比在了胸前。

上次爬山没机会穿,要不这次……沈识檐看了看镜子中的自己,被那笑容激得打了个激灵。最终,他还是卸了衣架,将那粉粉嫩嫩的衣服套在了身上。

临出门时,他接到了孟新堂的电话。

"我会去门口等你,记得带上证件。"

"哦,"沈识檐打开钱夹看了看,确认证件带在了身上,"别的呢,还有什么要注意的吗?我还没去过这么严肃的地方。"

"没什么严肃的,"孟新堂笑了一声,"哦,别拍照,不过这一条对你没什么用,你好像不怎么拍照。"

沈识檐虽然会开车,但嫌麻烦懒得开,也就一直没买车。他出门打了车,跟司机师傅说了地点之后,司机师傅瞅了他一眼:"您在那儿上班啊?"

"不是,"沈识檐笑着说,"去找朋友。"

这大概是沈识檐打过最远的一趟出租,付钱的时候,他都有点自己腰缠万贯、财大气粗的错觉。正捏着那张发票张望时,肩膀被人拍了一下,沈识檐回头,差一点儿撞上孟新堂的鼻梁。

"吓了我一跳,"沈识檐一只手捂着胸口笑道,"你这是在哪儿藏着呢?"

孟新堂指了指不远处:"我以为你会从那边过来,没想到司机却走了这条路……"

说着说着,孟新堂忽然停下。他抬起一只手,碰了碰沈识檐露出的衬衫领子:"你穿了这一件?"

沈识檐低头,看了看自己,又抬起来,问:"不好看吗?"

"好看。"孟新堂抬起沈识檐的手,"待会儿我要仔细看一看。"

两个人进了传达室,里面的人跟孟新堂打了声招呼。孟新堂接过从窗口递出的表格,拿起旁边的水笔刚要开始填,却被沈识檐拦住。

"哎,我自己来。"他笑着抽过孟新堂手中的笔,"第一次,得有点仪式感。"

前面都填得很顺利,到了"与接见人关系"时,沈识檐挪开笔尖,低着头轻声询问这一栏要怎么填。

"合作。"

门卫这样说,孟新堂却在他耳边给了另一个答案。两个回答几乎同时响起,沈识檐愣了愣,抬头看向孟新堂,有些呆地冲他眨了两下眼睛。

没有解释,孟新堂已经直接拿过沈识檐手中的笔,将那两个字写在了表格中。他甚至没有用平日惯写的行书字体,而是用了端端正正的正楷。

沈识檐看着被重新推回来的表格,有些恍神。

"在下面签上字就行了。"

听到提醒声,沈识檐才回过神,在左下角签了自己的名字。他将填好的表格和证件一起交给了窗口里的人,那人盖了个章,重新将表格递给他。

"孟老师待会儿要签字,出来的时候把这张条给我,再把证件取走。"

"那我现在就签了吧,待会儿还得找笔。"

孟新堂的名字是要签在右下角的，沈识檐看着孟新堂的名字缓缓落成，有那么一瞬的极度恍惚，似乎他们两个签的，并不仅仅是一张通行证，而是一个约定。

这会儿院子里的人并不算少，孟新堂忽然拽着沈识檐的胳膊停下来。他从口袋里掏出一个胸牌，给沈识檐戴上。沈识檐捏起来一看，上面写着"2015年新年晚会亲属证"。

耳朵有些痒，沈识檐还没来得及抬起头，孟新堂的声音就已经揉进了他的耳窝。

"总算把你等来了，你不知道，我有多想见到你。"

在他的话音刚落下时，沈识檐的眼睫抖了两抖，他抬头，重新看向了孟新堂。

因着天气寒冷，他的皮肤显得越发白，这也让他整个人看起来变得清冷了几分。可与之对比强烈的，是他的一双眼睛，灿若暖阳。孟新堂似看到了一整个宇宙，并沉溺其中。

很久，他叹了一声，将手搭到了沈识檐的肩上。

沈识檐这才从他刚才的话里缓过来，抖着肩膀笑出了声音，笑他越来越文艺。孟新堂说："只是心里话罢了。"

能让他想念的人不多，而沈识檐，是他格外珍惜的那个。

31

办新年晚会的礼堂倒是不大,但很热闹,会场布置得偏温馨,不像是个正经的演出晚会,而更像是一场阖家联欢会。沈识檐环顾四周,发现周围的人好像比他想的要年轻些。

孟新堂帮他脱掉大衣,带走了一身的冷气。沈识檐转头,看到孟新堂已经将自己的大衣搭到胳膊上,含着笑,目光在他的上身梭巡。

沈识檐低头看了看自己:"好看?"

孟新堂微倾身,擦着边碰了碰他的额头:"非常。"

沈识檐刚要调侃,却瞥见两个人影,是很久未见的江沿小,还有沈习徽。江沿小的发型和表情都没怎么变,唯独肤色,黑了好几个度。

"沿小回来了?"

孟新堂点点头,顺着他的目光看过去,在看到沈习徽的时候一愣,慢半拍地"嗯"了一声。

那边江沿小正和一个女生聊着天,不知道那女生说了什么,江沿小皱着眉头拉过沈习徽的手和自己的排在一起。那个女生指了指他们两个的手腕,捂着嘴笑得起劲。

沈识檐仰仰头,在孟新堂耳边小声:"在比黑白。"

沈习徽是真的白，在这种白炽灯光下，露出的皮肤白得像是在反光。

江沿小垮着脸看了看自己的胳膊，又呆呆地看向了沈习徽。沈习徽脸上的表情没什么变化，只是上前一步，摸了摸江沿小的脑袋，低声说了句什么。

"他们两个……在谈恋爱？"一直沉默地看着的孟新堂忽然发声，语气中有疑惑，还有难以置信。

沈识檐点点头："很显然。"

他看到孟新堂慢慢皱起了眉，有些奇怪地问："怎么？你不同意吗？"

"嗯？"孟新堂刚才像是在走神，没听清沈识檐的话。

"我说，我觉得沈习徽人不错，很可靠，你不用太担心。"

"没有担心，"孟新堂摇着头解释，"我只是在想，沿小出差这么久，他俩都没见过面，是怎么在一起的。"

沈识檐愣了愣，很快，低头笑出了声音。孟新堂转回目光，探寻地看向他。沈识檐吸了吸鼻子，抬头说："爱情来了，时间空间，都不是问题。"

细想之下，孟新堂觉得这句话还是失之偏颇的。因为在他心里，距离是很拉扯人的——人在梦中笑，和人在眼前笑，感觉非常不一样。一为思念成疾，一为欣喜若狂。

演出很快就要开始，孟新堂领着沈识檐坐到了第三排，沈识檐低声问："你没有节目吗？"

孟新堂摇头，笑了笑："都说过了，我真的没有艺术细胞，我连唱歌都走调。"

面前的桌子上摆着两瓶水，孟新堂伸手拿过其中一瓶，拧开瓶盖，递给沈识檐。

"我觉得你很有艺术细胞啊，"沈识檐喝了一口水，补充，"而且是大家风范，自成一派的那种。"

孟新堂听到这夸奖有些忍俊不禁。沈识檐见他低着头笑，以为他不相信自己说的话。

"真的，有时候我甚至觉得，你站在那里，就已经是一件艺术品。你说的话，你的思想，也都是艺术品。"

孟新堂这回笑到停不下来，心里甚至有些得意生了出来。

"承蒙沈先生抬爱。"

"不客气，孟先生当得。"

在大堂完全暗下来的时候，孟新堂忽然想到一直忘了说的一件事。他凑近沈识檐，用很低的声音提醒了一句："对了，忘了跟你说，待会儿你应该会见到我的母亲。"

"你母亲？"沈识檐的唇紧紧抿上，好一会儿，才又动了动嘴巴，"你怎么不早说？"

"紧张？"

孟新堂这么问着，视线却一直没离开沈识檐的眼睛。

"紧张啊，"沈识檐忽然咂了一下嘴，"早知道就不穿这件，穿件正式点的，你该……"

——你该早一点告诉我。

这话没说完，忽然被孟新堂捏了捏虎口的位置。

"不用担心，你只需要给她看看作为朋友，你有多好多优秀……"

孟新堂忽然停住，沈识檐便一动不动地看着他。

"毕竟，这个我描述不来。"

沈识檐没想到孟新堂竟然已经这么会说话了，哭笑不得地回捏了一下孟新堂的手掌,问:"你最近到底学了什么?"

孟新堂轻笑:"不需要学,肺腑之言。"

"那你就是天赋异禀。"

节目刚刚过半,沈识檐思绪又有些起伏,他换了个姿势,用手肘碰了碰孟新堂。

"你母亲来了吗?"

孟新堂朝前面看了一遍,摇头。

"她跟我说还有工作要忙,晚一点过来。"

沈识檐舒了一口气,松了松肩膀,身子也顺着椅背向下滑了一点。孟新堂看得新奇,弯着唇角问:"还真的在紧张?"

沈识檐默默地看了他一会儿,将手放到自己的胸口。

"上天做证,我还没经历过这种场面。"

孟新堂笑得靠到了沈识檐的肩头上。

孟新堂的母亲在临近结尾的时候才姗姗来迟,她刚从侧门进来,孟新堂就注意到了。他示意了沈识檐,沈识檐忙直起身子看过去。

孟新堂母亲的样子和他想的差不多,只是好像看起来要更加随和一些。他看到她弯着腰掠过两个人,没去礼仪示意的中间位置,而是坐在了第一排靠边的一个空位。不少人朝她点头打招呼,她都微笑着一一回了过去。

"你母亲,在专业上是什么程度?"

"总师。"

沈识檐吸了一口气:"太厉害了。"

晚会散场后,沈识檐抻了抻有些发皱的袖口,刚要问是不是要去找孟新堂的母亲,就听到孟新堂已经唤了一声。他抬起头,看到了正款款走来的人。

"阿姨好。"沈识檐轻轻鞠躬，淡笑着说，"新年快乐！"

"新年快乐！"乔蔚停在他们面前，带着笑打量了一眼还低着头、欠着身的年轻人，"早就听新堂提起过你，只是我工作一直忙，没找到时间见见你。"

"哪里，是我该早点去拜访您的。"

沈识檐抬起了头，乔蔚这才得见他的眉眼，一眼看过去，沈识檐给乔蔚的第一印象就是干净，笑容不浮不假，让人看得舒服。

"新堂跟我说你三十一岁，但是现在看来，好像不太像。"乔蔚笑吟吟地瞥了孟新堂一眼，"你不会是谎报了人家的年龄吧？"

"他看起来显小。"孟新堂说着，便又多看了沈识檐两眼，不知道是不是因为穿了这件粉衬衫，沈识檐今天并没有穿很正式的皮鞋，而是穿了一双白色的休闲鞋，站在老气横秋的自己身边，着实显出些年龄差。

乔蔚又笑着说了几句，都是些无关痛痒的家长里短。沈识檐有分有寸地应着，时不时还能逗得乔蔚笑两声。本来孟新堂还想着，万一沈识檐真的紧张，自己就说两句，把这次会面结束了，可看着沈识檐游刃有余的样子，他觉得好像无论是刚刚的沈识檐，还是现在的自己，都多虑了。

"本来想今年一起吃个年夜饭，可我这里有活动，明天也走不开。等过了年吧，大家都有空的时候，再一起吃个饭。"

沈识檐轻微地怔了一下，点头说"好"。

两个人走出研究院的大楼时，已经又飘了漫天的雪。孟新堂见沈识檐看着半空中愣神，便问他在想什么。

"在想你母亲。"

"想她什么？"

孟新堂撑开了刚从门卫那里拿的伞，挨着他走向飘着雪的天地。沈识檐抬了抬眼睛，不出意外地看到头顶的伞正朝他这边斜着。

"没想什么，只是觉得，优秀的人，你不需要跟他有什么很频繁深入的沟通，几句话，就能知道他很优秀了。"

他回忆起乔蔚谦逊有礼的话语、进门后弓着的腰、坐到靠边座位上的样子，还有在他们的谈话结束后，被乔蔚顺手拿走的那个并不属于她的废弃纸杯。

一个人有多重的才华，骨子里就会刻上多大重量的谦卑。

沈识檐侧眼瞄了孟新堂一眼，突然明白了，为什么在当时遥望了乔蔚一眼时，就会有熟悉的感觉。在乔蔚的身上，分明就有孟新堂的影子，就像他第一次见孟新堂，他说孟新堂的工作听起来很厉害，孟新堂也只是真诚又浅淡地说："只是听起来厉害。"

沈识檐想，等孟新堂老了，一定是个迷人到了极致的老头儿，有谦卑，有风骨，有功勋，还有沁着墨香的浪漫。

他忽然就觉得，与有荣焉。

"明天除夕，我们要好好过。"沈识檐在伞下说。

"当然。"

"多做点好吃的，很久没吃你做的菜了。"

"好。"孟新堂笑答，可又想到，明天就是大年三十，许多超市不会营业，或许要费些工夫，才能买全需要的食材。

他将这担心同沈识檐说了，没想到沈识檐很快说："我都买了，虽然不知道你要用什么，但是几乎把所有我有认知的东西都买了。"

孟新堂惊讶地看着他。沈识檐便笑笑，抬起手比画了一个比自己还高的高度："购物小票打出来有这么长，结账的时候很多人在看我。"

孟新堂笑得很大声，惹得一旁路过的同事频频回头。他朝人家摆了摆放在沈识檐肩上的手，说了几声"新年快乐"。

过年嘛，就要听身边的人话家常。

32

大年三十的早晨,沈识檐醒来时,屋子里还是一片黑暗。他拽着被子捂到鼻子的位置,只留一双眼睛在外面,望着黑漆漆的天花板发了一会儿呆。

不知过了多久,沈识檐觉得身子躺得有些僵,便起身去看孟新堂。

孟新堂今天好像睡得比平日都熟,对于沈识檐的到来竟没有半点反应。沈识檐本打算叫他起床,可看见孟新堂的脸以后,就又不想打扰了。好在有这能消磨的时间,让他可以在这个清晨,静静地看孟新堂睡着的样子。

窗外忽然传来一声很大的声响,睡梦中的人打了个战,沈识檐还未来得及做出反应,孟新堂已经撩开有些沉重的眼皮,立刻伸出手,捂住了沈识檐的耳朵。

等到窗外没了声音,沈识檐才笑着说:"醒了?"

"嗯,"孟新堂清了清嗓子,"早就醒了吗?"

"有一会儿了。"沈识檐看孟新堂仍旧皱着眉,便问,"吓到了吗?"

"还好,这个'闹铃'有点强劲。"孟新堂笑了一声,之后朝沈识檐道,"早。"

"早。"

大年三十一整天,两个人都过得像清晨一样悠闲。沈识檐打定了主意要好好过大年夜,所以午餐从简,孟新堂中午就做了两道简单的菜。吃过饭,孟新堂开始预备晚上的菜。沈识檐在厨房跟着忙活了一会儿,觉得实在没什么需要自己插手的事情了,便说回屋布置布置。他也是刚刚才休假,之前没时间准备,家里还光秃秃的,没一点喜庆的颜色。

沈识檐到柜子里拿了几张红纸出来,准备剪几张窗花。拎着剪刀刚刚在书桌前坐下,却觉得身上阴得发冷,他环视一周,看到屋子的中央刚好有从窗户投进来的一片阳光。

等孟新堂进屋来,想要询问沈识檐关于鱼的做法的意见时,便看到屋子中立了一张很矮的小桌子,不大不小,刚好占了那片光。沈识檐坐在一旁的小板凳上,正一下一下地剪着手中的红色纸张。一小片被剪落的红角飘下来,落到了小方桌上。

"你还会剪纸吗?"

桌子旁只有一张板凳,孟新堂走到沈识檐身边,索性屈身蹲了下来,细细地去看他手上来来回回的动作。

"以前跟我母亲学过一些。"

孟新堂捏起桌子上的碎纸屑,翻着个儿看了看,问:"你是直接剪,都不用描图样吗?"

"我就会那么几个花样,剪了这么多年,早就剪熟了。"沈识檐展开手中已经成形的窗花,捏着两角,举到孟新堂的眼前,"凑合着贴贴吧。"

"很漂亮。"孟新堂由衷地说。

圆形的框，刻着吉祥的图案，透过镂空处，还能看到背后剪纸的人。这让孟新堂突然明白，眼前的画面，描绘的大概就是新年的意义。

吉祥与爱，刻出绵亘的希望。

沈识檐捏着纸的手指正好被镀上了亮眼的光，像是被调了透明度，比平日更加好看。孟新堂伸手碰了碰他微凉的指节，偏了偏脑袋说："你比夏天更白了。"

"冬天都会白的。"沈识檐说着，便将那窗花铺到桌子上，开始叠下一张纸。

"还是要皮肤白，"孟新堂伸出自己的手看了看，"我就没觉得我冬天变白了。"

沈识檐笑了："你也不黑啊。其实我以前也觉得我挺白的，直到见到沈习徽，才知道什么是真的白。"

孟新堂听了，足足顿了两秒钟，才将目光从自己的手上移到了沈识檐的脸上。他的眉毛微微动了动，说不出是想表达什么情绪，随后抬手摸了摸鼻子说："你好像夸过沈习徽很多次。"

沈识檐本来刚刚拿起剪刀，一听这话，有些好笑地又放回了桌子上，眯着眼，凑近了孟新堂的眼睛。

"你这该不会是……心里介意我夸他比较多吧？"

"好像是，"孟新堂坦白完，又觉得自己实在小气到离谱，"很幼稚？"

"很幼稚。"沈识檐点了点头，"不过这说明你很在意你在我心里的位置。放心吧，我这个人挑剔得很，放眼世界，想一起过除夕的，也就你一个了。"

下一张窗花，沈识檐竟然剪了半个小时，总是剪着剪着就开始和孟新堂聊天，等再笑着下剪时，险些剪错方向。大约是因为过新年，沈识檐有些高兴过头了。

除夕好像来得特别快,孟新堂觉得两人还没有说几句正经的话,天就已经暗了下来,万家灯火也已经亮了起来,他不禁开始加快速度,进入年夜饭烹饪的最后时刻。孟新堂在做饭时很喜欢询问沈识檐的意见,比如问他想吃怎样做的排骨、西芹喜欢火候大一点的还是小一点的、土豆丝要不要辣,沈识檐的回答无一例外,都是"听你的"。

这样来回了几次,孟新堂终于放下铲子,转过身:"不要听我的。"

沈识檐靠在一旁,轻笑说:"可是我一直秉持一个原则,不做饭的人没资格提要求,给什么吃什么。"

这话让孟新堂消化了好一会儿,因为从没享受过这种待遇,以往每次给孟新初做饭,那姑娘都会有一连串的要求和点评。他笑着叹了口气,微微抬起下巴,看着沈识檐摇了摇头,很认真地反驳沈识檐追求最大限度和平的话语。

"我不赞同,我是做给你吃,当然要全部依照你的喜好来,也只有你才有资格提要求。"

沈识檐听完,哪里都没有动,唯独眨了眨眼睛,笑容更深。

"羊肉做葱爆的吧。"

菜单终于变成了沈识檐钦点的,而除了点单机的职务,沈识檐又给自己找了个端菜跑腿的工作。通常是孟新堂刚把菜盛了盘,沈识檐立马儿伸手,将冒着热气的菜端到桌上,积极主动,表现良好。但他难免有预估不准的时候,比如他刚端起一盘茄子转身迈了两步,就被孟新堂连声喊住。

"哎,回来回来,还要撒蒜末。"

菜上完了,沈识檐便开始翻找遥控器。他在家几乎不看电视,遥控器早就忘记丢在了哪个角落里。好不容易把藏在沙发缝里的遥控器找到,打开电视,却半天没个人影,孟新堂站在他的背后看着电视机显示的字，忍不住笑了："欠费了。"

"唉，怪我，"沈识檐关了电视，"我还说看着春晚吃饭比较有气氛呢。"

孟新堂笑了两声，抽掉他手上的遥控器放到桌子上："不看也有气氛，刚好，认真吃年夜饭。"

孟新堂今晚完全是按照豪华晚宴的标准来的，沈识檐在买食材上下了功夫，孟新堂自不能辜负，所以素来秉持着吃多少做多少的他，这次却做了双倍量的菜。

"今天菜多，你多吃点。"孟新堂给两人斟上酒，"你是不是又瘦了？"

"我明明胖了。"沈识檐说罢，还把胳膊伸到孟新堂面前，"你捏捏。"

"是吗？"孟新堂笑了几声，伸手捏了捏沈识檐的胳膊，"没感觉，说明胖得很不明显。而且，我总觉得你应该再多吃点。"

沈识檐咋舌评价："盲目了。"

"可不是？"孟新堂点头赞同。

两个人笑完，孟新堂举起了酒杯。四目相对，他却忽然没了祝酒词，杯子停在明晃晃的灯光中，举杯人眼中映着比酒美的人。

沈识檐就在那头静静地等着，孟新堂却只笑着看他。一定是看不够的，每次隔着酒桌看沈识檐，孟新堂都会觉得特别惊艳，单是那股气质，就让他想和沈识檐一醉方休。

最后，祝酒词是沈识檐说的，他握着酒杯碰了碰孟新堂的，响声清脆。

"辞旧迎新，感谢我们的这一年，期待我们的下一年。"

感谢我们在这一年遇见，期待我们共同走过余生的年年岁岁。

顿了一小会儿，沈识檐又补了一句。

"新的一年，平安顺遂。"

酒过三巡,孟新堂问沈识檐,还记不记得他第一次来喝酒时的情景。沈识檐点了点头,说"记得"。

"不一定吧,"孟新堂说,"你醉了一阵。当时你趴到了桌子上,我那会儿觉得,你真可爱。"

沈识檐忍不住笑:"可爱?我这么大岁数了,这词不合适吧?"

孟新堂摇头,将剥好的虾放到沈识檐的盘子里。

"这和年龄无关,跟心有关。"

就像孟新堂第一次见他,就觉得他永世是个少年。

两个人吃完饭,收拾好,看了看表,离新年的钟声还有一段时间。沈识檐到电视前的柜子里翻腾了一会儿,拿了一摞光碟问孟新堂要不要看电影。

"好啊。"

"想看什么?"

孟新堂对电影知道得不多,很自然地,便让沈识檐来决定。沈识檐拿起两张光碟看了看,最后朝孟新堂扬了扬右手捏着的那张:"看这部吧,今年的片子,*Begin Again*①。"

孟新堂自然说"好"。这回是沈识檐亲自下厨,摆了个很精致的果盘,他让孟新堂和他一起把茶几搬到一边,又扔了几个靠垫到地毯上。

"为什么不坐在沙发上看?"

沈识檐说:"从这个角度看比较舒服,也比较有感觉。"

摁了播放键,沈识檐便关掉了房间的灯。电影的开头就是女主角格蕾塔弹唱了一首自己的歌,在她摘掉吉他下台的时候,孟新堂扭头看了一眼沈识檐。他盘着腿坐着,后背微弓,整个人放松又专注。

---

① 英文歌曲,中文译为《再次出发之纽约遇见你》。

整部电影播下来，两个人都安安静静地看着，谁也没说一句话。直到那首最重要的歌最后一次被演绎，格蕾塔在落泪后转身离去，孟新堂看着在夜色里骑着单车微笑的格蕾塔，却还在思考——那时站在舞台下的她，到底有多少种心情？

电影结束，沈识檐问孟新堂觉得怎么样。

"我不太会评价电影，但觉得还不错，起码我看完觉得很舒服。"

沈识檐点了点头。他叉了一块苹果到嘴里，仰头枕到沙发上，对着天花板一下下嚼着。

"我还挺喜欢这部电影对于感情线的安排的，"沈识檐说，"有真实，也有平凡。"

格蕾塔没有和谁在一起，或许有过暗暗的心动，也有过想要重新与前男友在一起的念头，但终究，是一个人笑了。

孟新堂回想着故事情节，思维稍一发散，便想到了那位与沈识檐的曾经有关，与他有过一面之缘的男人："你觉得，女主角最后在想些什么，在听了那首歌以后？"

沈识檐把手叉到胸前，发出拉着长音的一声"嗯"，到费尽了一口气之后，才说："斩断了迷惘吧。"

他回答得概括简短，且没有要再解释的意思。

"你说呢？"沈识檐反问。

"追求不同，终究会走散。他们喜欢的并不是同样的世界，未来也不可能重合。"

沈识檐点了点头。他想，即便没有出轨的那出戏码，他们也有一天会分开的，因为格蕾塔始终是那个认为"music for fun[①]"的格蕾塔。

[①] 中文译为"音乐为了好玩"。

"我没想到有一天,我能看懂一部……音乐电影。"孟新堂忽然笑了两声,低声说,"这算不算,近朱者赤?"

沈识檐一下子笑了:"不要贬低自己。"

孟新堂看着他笑,又说:"但那首歌我很喜欢,尤其是其中的一句歌词。"

"*Lost Stars*[①]? 哪一句?"

这句歌词孟新堂用英文说了一遍,又以同样低沉轻缓的调子,念出了款款中文。

"Yesterday I saw a lion kiss a deer.

"昨天,我看到一只狮子吻了一头鹿。"

沈识檐抬起头,看着孟新堂,思考着这句歌词。

"很有哲理,也很浪漫,不是吗?"

"什么哲理?"沈识檐忍不住调整了身体的角度,朝孟新堂这边转了转,"我发现,你对浪漫的定义,很特别啊。"

沈识檐在用胳膊撑着地面转身时不小心碰到了遥控器,电影重新播放,一瞬间,屋子里的光明明灭灭,像极了寓意深刻的、起伏的故事。

"如果抛开歌曲,好像可以理解出很多。比如没有弱肉强食,又比如无关身份阶级的爱,我可以吻你,只要我爱你。"

不知什么时候,孟新堂已经朝沈识檐倾了身子。

特别的哲学家,这是沈识檐给孟新堂最新的标签。

"你是狮子吗?"沈识檐问。

"不重要。"

[①] 英文歌曲,中文译为《迷失的星星》。

关了电视，孟新堂扯了沙发上的毯子盖住沈识檐，见沈识檐已经微微眯起了眼睛，便说："睡一会儿。"

"回卧室？"

"就在这儿吧。"

毛绒的触角，扫痒了沈识檐的脖颈。不知过了多久，沈识檐忽然说："我也很喜欢那首歌。"

"嗯？"

"Yesterday I saw a lion kiss a deer,

"Turn the page maybe we'll find a brand new ending,

"Where we're dancing in our tears.[①]"

这是孟新堂第一次听沈识檐唱歌，沈识檐在他的耳边轻声唱了这样几句，唱给黑暗，唱给他。即便在很多年以后，孟新堂还能清晰地回忆起那晚沈识檐的声音，沈识檐的音调，以及，歌曲最后，沈识檐给他的祝福。

"新年快乐。"

"新年快乐。"

[①] 歌词大意为"昨天我看到一只狮子吻了一头鹿，翻过陈旧的昨天或许会迎来崭新的明天，而那时我们边舞边泣"。

33

孟新堂的计划是初五离开，因为工作任务重，所以要提前几天回去。不光是这样，孟新堂还坦白地说，这次会去比较远的地方，不在本市了。也就是说，两个人会有很长一段时间都见不到面。

好像很轻松地，两个人就敲定了即将到来的离别。沈识檐开始真的没有什么感觉，他也不是个喜欢黏黏腻腻的人，只是到了临走的那天，看着孟新堂往行李箱中装了正在穿的冬装，又装了春装、夏装，才对这次离别的时间有了客观的感知。第一次，他意识到怕是真的会有那么一阵子，觉得孤单。

"大概要去多久？"

孟新堂停住动作，抬起了头。

"顺利的话，半年、一年？"他摇了摇头，"我也不知道，但是不会超过15个月。我接手的是之前那位前辈的项目，因为之前有些特殊情况，所以我立了军令状。上面给我的这个阶段的期限就是15个月，这段时间出不来成果的话，就算失败了。"

沈识檐愣了一下，怀里的两件衣服迟迟没有被装进行李箱。孟新堂见状，起身，从他手里把衣服接了过来。

因为孟新堂的工作性质问题，沈识檐从来不会去问他工作上的事，孟新堂也不会提及，所以沈识檐并不知道孟新堂已经回归了之前的项目，而且听他的意思，这次他成了领头人。沈识檐不知道该说什么，因为想象不到，在这种情况下接手这样一个项目，会顶着怎样的压力。他忽然记起很久之前他们喝酒，孟新堂曾淡淡地说，该做的事儿必须做完。

"那个啊……"沈识檐皱着眉头想了想，"失败了怎么办？"

"失败了啊，"孟新堂笑了一声，"失败了就换一种方案，继续做，如果上头还给批的话。我们都觉得这个目标是可实现的，只是要寻找正确的方案，可能会花一段时间罢了。之前前辈的方案其实有希望，但又不得不换掉。新方案前期的准备工作我们也已经做了很多，总之努把力，希望能做成吧。"

"万一做不成呢？"

其实沈识檐是想问，万一做不成，会不会给孟新堂带来什么不好的影响或者麻烦，没想到孟新堂却在合上行李箱的同时，叹了一口气。

"做不成啊……那说明，这不是我能力范畴之内的事情。"孟新堂依然淡淡地笑着，站起身，抻平了上衣的下摆，走到沈识檐身边，"那我便管不了了。说得矫情一点，洒了我这一捧血，自有后来人接收。我做不成，总有人能做成，我就当个铺垫好了。"

不待沈识檐从这句话中回过神，孟新堂已经又放轻了声音说："放心，我会努力工作，尽快回来。好好照顾自己，我担心你太累。"

沈识檐想了想："这好像是我该担心的。"

孟新堂笑了。

孟新堂离开后的第二天晚上，沈识檐正坐在书桌前做着今天的剪报，手机提示音响了一声，收到了一张图片，来自孟新堂。

沈识檐看到那照片上的天空时，立马想到了一句"黑云压城城欲摧"。不知是因为阴了天还是本就如此，照片上的天空显得格外低，乌云格外厚，很直接地，给人一种壮烈深沉的感觉。沈识檐从没去过这样的环境，也从没见过这样的景色。他攥着手机，不知道怎的，就有一种保家卫国的自豪感，可明明人家孟新堂做的事，跟他没半点儿关系。

沈识檐被自己的想法逗得一乐，跑到花房给孟新堂拍了张刚开的仙客来发过去。

孟新堂走的这段日子，时间过得说快也快，说慢也慢。沈识檐该上班的时候就掏空身体和精力般上班，该休息了便躺在床上赖一整天。在春天和初夏的时候他还能跟孟新堂打个电话，聊个天，而到了盛夏之后，孟新堂那边进入了全面的封闭管控，在很长的时间里，他们都没能取得任何联系。有时候沈识檐憋得慌了，仍会给孟新堂发几条消息过去，倒没有什么絮叨的话语，只是发了院子里新开的栀子花、茉莉花，还有去水边时拍到的小蝌蚪视频。

这一年的中秋节，沈识檐有些后知后觉，他只记着到了秋天，却没在意到底过到了哪天。直到许言午拎着一堆吃的喝的给他送过来，他看到那一匣子他爱吃的月饼，才发现竟然已经又是中秋节了。

也是，院里的花都快开遍了，屋里的琴谱也早已不知道弹了多少回。

他和许言午都不会做饭，只好跑去下馆子，许言午给他买了块生日蛋糕，像模像样地祝他生日快乐，等吃完饭回来，圆圆的月亮已经挂在了天上。胡同里开了几枝桂花，隔着老远就能闻到香味，沈识檐抬头看了一眼，觉得今天这景真的是应了一句"花好月圆"。

快走到门前,突然被人叫了一声,沈识檐抬了抬眼镜,看清了蹲在门口的人。

"新初?你怎么来了?"

孟新初跳下台阶,三步并作两步跨到他面前,举了一个小袋子到他眼前:"生日快乐啊男神,我这不奉命来送东西嘛!等你半天了,微信也不回。"

沈识檐顿觉抱歉,大中秋的,让人家姑娘一个人在这儿坐了一晚上。

"抱歉啊,手机没电了。"

"没事没事,这是我应该做的。"孟新初嬉皮笑脸地把袋子塞到他手里,"喏,我哥托人带回来的生日礼物,包装盒是我帮他买的,你……看看吗?"

孟新初最后的语气有些奇怪,沈识檐挑了挑眼梢,狐疑地看了她一眼。他掏出里面的小盒子,拿在手里端详了半晌,才挑开丝带,刚要掀开盖子,却被孟新初一把摁住。

"哎,"孟新初的神情变得有些严肃,"你可千万别嫌弃我哥。"

沈识檐好笑地抬头:"怎么会?"

盒子里躺着一个小小的玻璃瓶,瓶颈缠着一条牛皮带子,瓶身还贴着一面五星红旗。

"你说说,你过生日,他就送一罐沙子!他是不是搞研究搞傻了?"

一罐沙子。沈识檐琢磨了很久,不太确定自己心中的猜想是否正确,却已经开始期待。

晚上,两个人时隔很久再通了电话。

"礼物收到了?"

"嗯。"

"还差一幅字,之后我补上。"

沈识檐靠着书桌站着,把小瓶子举到灯下,晃了晃,看沙砾和着灯光乱撞飞舞。

"这沙子……有什么深刻寓意?"

"你打开闻一下,闻到什么了没?"

"什么味道?"

沈识檐依言打开,将小瓶子凑到鼻子下,好像是有一点点特殊的味道。

"第一次发射成功的硝烟味。"孟新堂在电话那头说。

沈识檐一下子站直了身子:"成功了?"

"嗯,目前算是。"孟新堂的笑意掩都掩不住,"其实这个礼物,还有一层意思……"

连沈识檐自己都没意识到,在孟新堂说这句的时候,他的手已经在不住地摩挲那个小瓶子,然后越收越紧,指节泛白,像是一个在等待着老师宣布分数的小学生。

"什么?"

"很快,我就会回来了。"

放了电话,沈识檐在安静的夜色中第一次这样和自己的思念短兵相接,且弃甲曳兵,独留一地月光。

孟新堂回来的时节,秋风扫了一地落叶。

沈识檐休假一天,昏昏沉沉地睡了一下午,醒来之后便摸支烟,披了件毛衣外套到了院子里。他打了一壶水,一边不紧不慢地吸着烟,一边给那两排已经没什么花朵的花浇水。

突然觉得这样的傍晚过于安静萧瑟,沈识檐便拎出了那台收音机,调到了一个音乐频道。

浇完水,他懒洋洋地蹲在台阶上,听着地上的落叶被风吹得沙沙响,打着圈儿,仓皇地逃到墙角。不知不觉中,晚霞已经露了面。沈识檐半眯着眼睛抬起头,直勾勾地看着天边大团的艳丽光亮。好一会儿过去,破天荒地,他点了第二支烟。

在他刚吸了一口的时候,院门忽地被打开,"吱呀"的声响惊得他眼皮一颤,他从天边挪开眼,将目光投至大门。光亮的转换使得他的眼前不甚清明,只觉得明暗交错间,好像看到了那个刚刚他还在想着的人。

沈识檐发怔的工夫,孟新堂已经走到了他的面前。孟新堂没带行李,穿了一件黑色的大衣,沈识檐抬头望着突然从天边到了眼前的人,有点迟钝地,说了句老套又珍贵的话。

"呀,回来了啊?"

孟新堂笑着蹲下来,抬起手,掖了掖他披在身上的毛衣。毛衣扎得他脖子有点痒,真实又温暖。

"又穿这么少跑出来,这种东西不抗风,还是要穿正经的外套。"

沈识檐没动,就在那儿笑着看着孟新堂,从鼻子里发出一声漫不经心的"嗯"。

沈识檐的目光落到孟新堂的肩膀上,那里有些尘土的痕迹,或许是落叶曾落到他的肩头,又随着他的行走而离开。

沈识檐忽然就有了画面感,孟新堂穿着这身黑色大衣,穿过戈壁沙漠,穿过车流人潮,也穿过了一排排低矮的房屋院落,最后,推开了这扇门,来见他。

沈识檐笑着将手伸到他的肩头,轻轻两下,替他掸去了那处尘色。

"抽烟呢?"孟新堂问完,就看到一旁已经有一个烟蒂,有些惊讶地看向沈识檐,"第二支了?"

沈识檐又笑着"嗯"了一声,抬起手,将指尖夹着的烟递到孟新堂唇边。

"来,尝尝。"

孟新堂就着沈识檐的手吸了一口烟,烟味进入身体的一瞬,像是一下子回顾了那几乎横跨四季的思念。

广播已经换了一首歌曲,电台今天该是走了怀旧的主题,才会在这样的傍晚,放了这样的一首歌曲。沈识檐在听到前奏时就侧了头,愣了几秒,忽然看着那台收音机笑了出来,问孟新堂知不知道这首歌。

孟新堂摇头:"很熟悉,但我不知道具体的歌名。"

"《七里香》,是一种很香的花,白色的,很漂亮。"

说完,沈识檐便有些出神地听着前奏,听着唱起。

2004年,十九岁的沈识檐第一次听到这首歌,觉得它写得很好。通篇不过爱恋与思念,却是爱到眼中一切都可爱,仿似只用那一个爱情,一颗跳动雀跃的心,便绘了一整个烂漫人间。而整首歌中,其实沈识檐最喜欢的,是那段间奏。

他忽然拉着孟新堂的胳膊站起来,那支烟还没抽完,他夹着烟取下眼镜,掀起衣服的下摆蹭了蹭。

"我第一次听这首歌时,就觉得其中的一段间奏很惊艳,直到现在我都很喜欢。"沈识檐重新戴上眼镜,金色的镜框架在他微红的耳朵上,很动人。他推了推眼镜问:"你知道为什么吗?"

孟新堂轻笑着摇头,静静地等待着沈识檐来揭晓答案。

"因为我觉得那里很适合跳舞,和合适的人。"

歌曲已经到了第二段副歌部分。

"可是我从来没跳过舞。"

"没关系,"沈识檐朝他伸出一只手,做出了一个邀请的姿势,"你只需要借我一只手。"

风铃声响起,沈识檐领着孟新堂走下台阶,走过铺满秋色的院子,停在晚霞映照的院中央。

即使孟新堂曾偶然间听过这首歌,也不会对它的间奏有任何印象。所以当提琴声骤然上扬,沈识檐执着他的手转开时,他像是突然天旋地转,触目所及的一切光亮,都在那一刹那涌到了沈识檐的身上。孟新堂甚至可以清晰地看到他旋起的毛衣角、上面翘起的一层绒毛,还有他指缝中的那一点星亮。

你从风尘萧瑟中走来,我在秋意正深处等你。

后记

孟新堂回来后的第二天,沈识檐记起昨天忘了做剪报,打算补上。彼时孟新堂正在院子里帮他做新的花架,他站在窗口看了半天,才哼着调子,翻开了那第二本厚厚的剪报本。可翻到书签处,沈识檐却发现那一页已经不是空白的,有了日期,有了……一枝茎,两朵花,三行字。

看得出画画的人并不擅工笔,线条断断续续,有描摹的痕迹。但沈识檐很轻易地就辨认出了那两朵挨在一起的长形五瓣花,是可以在七八里外闻到花香的那种。

想买束花给你
可路口的花店没开
我又实在想念

番外一

再带一束花给你

孟新堂捧着一束花进来时，沈识檐正在认真听着一个女生吹笛子。他今天穿得很正式，立领的复古中山装，左侧的衣襟上绣着两枝黑色的暗花。孟新堂正把人从头到脚细细打量，沈识檐却像有了感应，突然望了过来，看到他怀里的花，笑弯了眼睛。

"来得这么早吗？"

"不早，"孟新堂走过来，微探身，拥抱他，"预祝沈先生演出顺利。"

花落到了沈识檐的怀里，他闻了闻，又抬起头，看着孟新堂笑。

有些情不自禁，孟新堂被他笑得伸出了手，手已经到半空中，才觉得在这样的环境下，显得有些唐突，便又将手向上移，轻托了沈识檐的眼镜框。

"眼镜歪了。"

这是孟新堂第一次看沈识檐上台演出，乐团是许言午所在的乐团，创建者是沈识檐的母亲，沈识檐偶尔参演。

这场演出并不分座位，票价统一，很便宜。孟新初是和孟新堂一起来的，孟新堂要去后台找沈识檐，孟新初便早早到观众席占了两个位置比较好的座位。等孟新堂从后台出来，拐进大厅，遥遥地就看到孟新初正朝他招手。

"送花了？"

"嗯。"

"我刚才看到了一个要演出的男生来观众席，天哪，他们今天这身衣服也太帅了吧，我男神穿起来得帅成什么样啊……"

孟新初闲不下来，一直小声拉着孟新堂絮絮叨叨。孟新堂一面应着，一面分神在脑海中重复勾勒着方才见到的人——的确非常帅。

或许是因为和沈识檐待久了，孟新堂现在对于花也会格外留意。坐在孟新初另一边、隔着一个座位的男人抱着一大束花，孟新堂盯着那束花，竟然已经能在心中数出不少的花名，唯独一种蓝白色的小花不认识。他多看了两眼，想着待会儿要问一问沈识檐。

演出很快开始，演奏者们陆续上台，孟新堂一眼就找到了沈识檐。他坐在第一排的左边第二个，坐下之后微微调整了凳子，将面前的谱架朝左移了一点。做完这些，沈识檐便抬头看向了观众席。

临近开场，观众席已经坐满，孟新堂不确定沈识檐能否在黑压压的一片人群中找到自己，但看到他抬头，看到他望过来，孟新堂便自然地朝他露出了笑容。

两首曲目过后，孟新初忽然拽了拽孟新堂的胳膊。

"我好想给男神拍照啊……"

孟新堂弯了弯唇，偏过了头。刚要开口，目光触及那个抱着花的男人，孟新堂忽然愣住。

刚才他只注意了那束花，并没有去看拿花的人长什么样子，这会儿不小心看到了，却是有些惊诧。如果他没记错的话，他们曾有过一面之缘——在孟新初的婚礼上。

孟新初见他忽然不说话，也随着他的目光朝一旁看过去，看清那里的人，小声嘟囔了一句："徐扬？"

孟新堂盯了徐扬很久，因为他的眼神、周身流露出的情绪，都特别又奇怪。观众席很暗，徐扬安安静静地坐在那里，一动不动地看着沈识檐的方向。孟新堂也不知道要怎样具体地去形容此刻徐扬给他的感觉，但当他转回头，重新看向前方时，已经可以在心里确定，徐扬只是来看沈识檐的。

果然，在演出结束以后，徐扬起身，捧着那束花上了台。孟新堂皱起了眉，小声叹道："失策。"

"什么？"孟新初摸不着头脑。

孟新堂站起来，眼睁睁地看着徐扬将那束花递给沈识檐，还自作主张地……抱了沈识檐一下。

"我应该准备两束花的。"

孟新初刚才因为要占座没能去后台，现在一定要拉着孟新堂去后台和沈识檐合影。

"哥，你快点啊。"

"小心，"孟新堂拉了孟新初一把，错开刚从楼梯下来的人，"你急什么？他会等咱们的。"

"没准儿人家一会儿就把衣服换了啊，有的乐团不是演出完就要把衣服还了吗？"

在孟新初的拉扯下，两个人很快就到了后台。沈识檐正不停地被人拉着合影，多半是些年长的，孟新堂听着他们话里话外的意思，很多是沈识檐母亲的朋友。沈识檐看到他们，朝他们挥了挥手，示意他们稍等。

孟新堂点点头，等待的时候目光一转，看到了一个梳妆台上的几束花。

"哥。"孟新初忽然用胳膊捅了捅他的腰窝，孟新堂立马一把攥住。
"你打什么坏主意呢？"

"嗯？"孟新堂放开孟新初，"没有啊。"

"还没有呢，"孟新初指了指他的嘴角，"你刚刚嘴巴都翘起来了。"

孟新堂愣了愣，又笑了，"嗯"了一声，没再说话。

倒也没打什么坏主意，他只是看到了桌子上那么多花，独独自己的那束被插到了一个花瓶里，好好地摆在高处。

沈识檐那边的寒暄终于告一段落，有个乐团的小姑娘站在梳妆台前叫他，指了指桌上的那堆花。

孟新堂看到沈识檐走过去，把几束花里的卡片都卸下来，叠好拿在手里，然后抱起花瓶里的那束，跟小姑娘说了什么。小姑娘很开心地抱了两束花在怀里，还转身喊了别人来拿花。

"男神我也要拍照！"

沈识檐刚走过来，孟新初就扑过去要合影，还不要孟新堂帮忙，一定要自己在自拍模式下合影。

"哥，你要不要拍？用我的手机，有美颜功能。"

孟新堂看了看四周还在持续增多的人，摇了摇头。他接过沈识檐手中的花和卡片，叮嘱沈识檐把大衣穿上。

出去的时候孟新初还有些不满，翻着手机说沈识檐今天的造型这么经典，两个人竟然都不合影。孟新堂拍了拍她的脑袋："别看手机了，看路。"

直到三个人出了场馆，走到空旷的音乐厅前，孟新堂才忽然叫住孟新初，说："给我们合个影。"

两个人在孟新初的指示下选好最佳位置站定，沈识檐动了动肩膀，抖了抖身上的大衣。孟新堂看了他一眼，抬手替他抻了抻大衣左侧的衣领。已经入冬的北京，天气凉得很，他们不过刚出来十几分钟，冷空气就已经打凉了沈识檐的大衣。

"整齐着呢。"孟新堂轻笑着说。

"我就不让你们喊茄子了啊，来来来，一、二、三！"

从花束中拿下来的几张卡片一直待在孟新堂的口袋里，到了家，沈识檐脱掉大衣之后，孟新堂才把卡片递给他。

"哦对了，我都还没来得及看。"

卡片还没翻完，沈识檐就听孟新堂说了句话。

"你今天，是真的很好看。"

在客厅很亮的灯光下，孟新堂眼睛半眯地看着他，有种醉酒之后的感觉。

沈识檐朝他笑："谢谢。"

"今天累吗？"

"还好，其实这种程度不会觉得累。"沈识檐心情好，说这话的时候，笑意一直漫在脸上。

孟新堂看着此时的沈识檐，又想起他方才站在台上光彩熠熠的样子。

"但我今天……有一点不太开心的地方。"

孟新堂突然这么说，沈识檐一下就不笑了。

"为什么？"

"下次一定要再带一束花，"孟新堂重重地叹了一口气，"没能在结束后上台拥抱你，我非常遗憾。"

"哎，"刚被吓了一跳的人此刻有些哭笑不得，"我当什么事呢，吓死我了。"

两个人有一搭没一搭地聊着今天演出的事，孟新堂一边同沈识檐说话，一边帮他捏着肩膀放松，顺便帮他卸掉了一件衬衣。等沈识檐反应过来，人已经被推到浴室里。

"洗个热水澡放松一下，我去给你弄点喝的。"

孟新堂说完这话就带上了浴室的门，寂静的空气里，沈识檐转过头，顺手将卡片放到洗漱台的顶部，然后对着镜子看了半晌，笑了。

这沓卡片是在第二天被孟新堂发现的，孟新堂真的没想过要去窥探别人给沈识檐写了什么，只是放在手里稍微一整理，就看到了好几句表白的话，像极了学生时代，给喜欢的人悄悄递卡片的事。

孟新堂歪了歪头，纳闷怎么自己就收不到这种东西。

平日里工作忙是常态，所以一有时间，孟新堂就会收拾收拾家里。他把昨晚换下来的床单抱来，准备塞进洗衣机，却发现里面还有沈识檐昨晚洗的、忘记取的衣服。

说来也奇怪，沈识檐曾经自己生活了很久，虽然做饭的手艺没磨炼出来，但是起码生活算是能打理得井井有条。但好像和孟新堂接触久了，沈识檐的某些生活技能就退化了，比如，经常忘了拿已经洗好的衣服，经常不盖被子、倒在沙发上就睡着了，还经常白天在医院不好好吃饭，晚上十一点跟孟新堂喊饿。

孟新堂抿了抿唇，在只有一人的空间里，兀自点了点头。

这样也挺好，孟新堂想，所有生活上的坏习惯都有他接着，不会造成什么问题。他愿意沈识檐越活越像个小孩，愿意接受沈识檐把以往过早收敛起来的任性补回来一些。

因为昨天回来以后两个人就聊天、睡觉，所以手机一直被扔在一边没管。吃完饭，孟新堂才拿起手机看了看，结果发现全都是来自孟新初的消息，一连串的图片。

孟新堂点开，弄明白这是孟新初把她和沈识檐的合影发了朋友圈，截图中的内容全都是来问她和她合照的男人有没有女朋友，有的语气甚至狂热到夸张。孟新初发来个奸笑的表情，问孟新堂要怎么回。

孟新堂思考片刻，敲了两行字。

孟新初收到消息后，在那边"哈哈"了半天，语无伦次，不知所云。在孟新堂无奈地想要退出聊天界面时，终于收到了一条有价值的消息——是昨晚他们的合照，在音乐厅前。

图片加载了不到一秒的时间，孟新堂却已经在这短短的一瞬间，改变了神情。他也不知道自己是什么时候笑出来的，只是等看了半天照片以后，才发现自己确实一直在笑。

照片上，他们没有搭肩，没有揽腰，没有任何亲昵的动作，只是并肩而立，映着身后溶溶的光影。

两个人都笑着，沈识檐的怀里还抱着那束花。

番外二

到如今，年复一年

临近黄金周,沈识檐好不容易轮到一次休息,提前半个月就问孟新堂假期怎么安排。孟新堂瞧着沈识檐脸上那表情,问:"想出去玩?"

沈识檐没犹豫,老实地点了点头。

两个人工作都很忙,尽量不给对方添麻烦,似乎已经有了默契。但沈识檐最近很累,工作上遇到的各种事情让他的心情多少受了些影响,挺想趁这个假期出去放放风的,就是不知道孟新堂有没有时间。

"那我们就出去玩,你想去哪儿?"

无论是这声答应,还是这句询问,都来得直接又突然,弄得沈识檐愣了半天,才关了水龙头,举着因洗菜而弄湿的手,走到孟新堂身侧。

"你有时间?不用加班?这可是最长的假期之一啊。"

"工作是永远做不完的。"孟新堂不紧不慢地将切好的蒜末装到碟子里,又像平常一样,打开水龙头,把刀上残余的蒜末冲洗干净。

他做事总是有条不紊,即便是看他做饭,也像他说的话一样,能够给沈识檐安定的感觉。

"你心情不好,我总不至于连陪你出去散心的时间都腾不出来。你看看想去哪儿,咱们提早安排。"

有了孟新堂这句话，接下来的一周内，沈识檐几乎把所有的休息时间都用来找目的地。小护士见他一反常态，天天捧着手机在那儿看，还一会儿愁眉苦脸，一会儿又打着字笑，忍不住询问他最近这是有什么事。

"没事，就是打算假期跟朋友出去玩，但是看看这些景点，估计人都会很多，有点愁。"

好不容易出去玩一趟，沈识檐可不想跟孟新堂去看人。

"黄金周出去不都这样？所以我就算休息也真的是懒得出去，是个景区就逃不了人挤人，根本走不动。沈医生你要真想出去玩，不如看看那种不怎么出名的地方。"

"比如呢？"

"欸，对了，"小护士想了想，"我之前看我弟转发过一个沙漠徒步的活动，你有兴趣吗？"

沙漠徒步？

"有链接吗？发来看看。"

沈识檐想着，孟新堂既然喜欢爬山，那应该对这种徒步的活动也比较感兴趣吧。他仔细看了看小护士给他发的链接，发现这是某个社团组织的活动，写得倒是不错，再加上公众号文章上展示的那些以前徒步活动的照片，看得沈识檐还真有点心动。

他立刻给孟新堂转发过去，问孟新堂觉得怎么样，孟新堂很快就回了信。

"你想去？"

没等沈识檐打上字，对方就又追来了一条。

"应该挺累的，你可以吗？"

"当然可以。"

显然，男人那由幼稚引发的胜负欲，并不会随着年龄增加而消减。

于是，接下来联系负责人、报名、交钱，一气呵成，沈识檐在下午开诊前就完成了所有的准备工作，没留给自己任何后悔的机会。报名是小护士帮的忙，她说这次活动就是她弟弟组织的，直接把她弟弟的微信推送给了沈识檐，还贴心地提前跟她弟弟说明了情况。

等到出发那天，孟新堂和沈识檐起了个大早，赶去出发地点集合。

"这地址，是大学门口啊。"孟新堂坐在车上，看着沈识檐的手机说。

"对。"

两个人系上安全带，孟新堂忽然想到了什么。

"这个活动……"孟新堂顿了顿，"不会是大学社团组织的吧？"

"啊？"

沈识檐只知道小护士的弟弟确实还没工作，但完全没往大学社团活动这方面想。而孟新堂则是因为记起了孟新初读大学的时候，就经常在假期跟着学校里各种社团出去玩，野炊啊，夜爬啊，去草原啊，好像都有过。

两个人嘀咕了一路，直到到达约定的地点，见到那一群青春洋溢的学生，猜测总算是得到了证实。

一个戴帽子的男孩老远就冲他们招手，还大步跑过来接他们。

"是识檐哥和孟哥吧，你们好，我是江野。"

"你好。"沈识檐和江野在微信聊过，活动安排、注意事项之类的信息也都是他通知的沈识檐，已经算是比较熟悉。再加上江野开朗、健谈，这虽是沈识檐同他第一次见面，倒没觉出什么生疏感。

沈识檐望了一眼大巴车，犹疑地问："这去的，不会除了我们两个其他的都是学生吧？"

"差不多吧,"江野点了点头,瞧见他俩哭笑不得的表情,又赶紧给他们宽心,"没事,虽然都是学生,但很多人也是互相不认识,也有带朋友来的,不都是我们学校的。这种活动就是大家凑在一起玩,你们体验一下就知道了,挺有意思的。"

话虽是这么说,但上车后,孟新堂和沈识檐还是明显感受到了车内忽然安静的两秒钟。沈识檐不小心跟两个女生对上了视线,不好躲,只好微微露出友好的笑。

相比之下,孟新堂倒是一副既来之则安之的样子,领着沈识檐到了靠后的两个空位,示意沈识檐坐到里面。两个人安置好背包,坐好,孟新堂放了一瓶水到前座的置物袋里。

沈识檐伸手,刚要拿水,忽然听见后面传来一声:"好帅啊……"

能听出来说话的女生已经是在压低了声音在和同伴交流,不过大巴上座位离得近,沈识檐和孟新堂都还是听得挺清楚的。

两人对视一眼,都无奈地笑了笑。

孟新堂率先把水抽出来,拧开瓶盖,递给沈识檐:"少喝点,长途车程,去洗手间不方便。"

沈识檐点了点头,只小小地抿了两口。

沈识檐本以为学生们会在路上唱唱歌、做做游戏什么的,因为他记得他上学的时候班里去春游,路上就从没闲着的时候。但没想到大家路上都很安静,只有江野偶尔会告诉大家到服务区了,可以下车休息,或者说一下大概还有多久的车程。

看着沿途的变化,孟新堂和沈识檐断断续续聊了一路——从路过的村庄,聊到城市边缘的人有着怎样的生活状态;从树丛草木,聊到各地的植被选择分别有什么样的特色、匹配什么样的气候和地形特点;或者有时候,沈识檐半梦半醒,阳光晃着晃着忽然不见了,脑袋也没再随着车辆的颠簸往玻璃上撞，而是被一个坚硬又柔软的东西抵住，托起一个安稳的梦。

等一行人到了目的地，已经是傍晚。这天晚上的住宿还是在镇上的一家宾馆，还算干净。孟新堂让沈识檐先去洗澡，自己从书包里取了带来的枕巾，铺好。

房门被敲响，他应了一声，朝门口走去，路过浴室，顺便检查了一下沈识檐有没有把门关好。

"孟哥。"

门外站着的江野已经换了一身更鲜亮的衣服，笑着朝孟新堂打招呼，说："我们打算去 KTV，你们去吗？"

"嗯？"孟新堂有些惊讶地看着楼道里正往外走的学生们，"现在吗？"

"对啊。"

孟新堂不由得暗暗吸了口气。

他想起刚进门时，沈识檐还揉着脖子说坐这大半天的车，比做几台手术都累。再看看面前这神采奕奕的年轻人，孟新堂心想，可真的是岁月不饶人。

最终，他以他们两个人或许需要好好休息休息为由，拒绝了江野的邀请。

沈识檐擦着头发出来，见孟新堂正对着窗户活动肩膀，笑了："你这是干吗？提前做准备吗？"

孟新堂转身，不过还没待他说话，沈识檐已经又开了口。

"哦，对了，我都忘了跟你说，你体检报告出来了，别的没什么问题，主要就是颈椎曲度僵直，你得注意一下，工作时不要半天坐在那儿看电脑，要时不时起来活动活动。"

"好。"孟新堂笑着点头,把吹风机递给沈识檐。

沈识檐接过吹风机,伸手拍了拍孟新堂的肩膀:"已经很不错了,继续保持。"

"好,谨遵沈医生教诲。"孟新堂说,"话说回来,你猜江野他们去干什么了。"

"他们出去了?干什么去了?"

孟新堂看着沈识檐,说:"KTV。"

顿了两秒,沈识檐才将毛巾一把从头上扯下来:"KTV?"

"明天不是还要徒步沙漠吗?"他一度怀疑自己是记错了明天的行程。

孟新堂忍着笑,点点头。

沈识檐放下吹风机,缓缓竖起一根大拇指,然后什么都没说,默默端起桌子上的杯子,喝了口温水压惊。

沈识檐不爱运动,就这徒步沙漠的活动,都是舍命陪君子,为了孟新堂才来的。但好在这么多年来,在孟新堂的督促下,他也算是保证了基本的运动量,起码吃饭以后遛个弯,偶尔早上一起晨跑,或是和他们的朋友去爬个山、打个球,从没间断过。沈识檐甚至还跟孟新堂组队,得了一个俱乐部组织的"勤锻炼杯"羽毛球比赛男双冠军。所以这次的沙漠徒步,虽然真的很累,但情况已经比沈识檐想象中的好多了。

他和孟新堂一直走在队伍的末尾,前面的学生们一会儿哀号,一会儿又兴奋地拍照,他们两个就显得淡定了许多,一路都在闲聊,谁发现了哪边的天空上有朵云很漂亮,也要指给对方看看。

这天晚上举行了篝火晚会,沈识檐和孟新堂和一群年轻人一起围坐在篝火旁,看着他们又唱又跳,有几分感慨。

"我读书的时候,好像没有参加过这些活动。"沈识檐突然说。

"不喜欢热闹。"对于沈识檐的过去,孟新堂早就像对自己般那样了解。所以这句话他并没有用疑问的语气问出,而是在肯定中带上了些宽慰。

"嗯。"沈识檐笑了笑,"那时候,确实是不太喜欢。"

如今回忆起他的大学生活,连沈识檐自己都觉得实在是乏善可陈。学习,听音乐,练琴,研究养花,这些几乎就已经能够囊括他所有的日常生活。他更多的时间是在独处,其他的,也就是和许言午去听几场音乐会。他倒不是丧失了对生活的热爱,只是父母相继去世,再加上他自己对理想和现实的坚持,反而让学医这件事,成了支撑他的支柱。他一直在默默努力,想要让自己的理想实现得更快些,而整个学生生涯,他似乎也只完整地完成了这一件事。

那时学校也有不少活动,晚会,聚餐,外出游玩,可除了要求必须参加的那些,沈识檐好像从没参加过其他的活动。以至于到了毕业的时候,班级最后一次聚餐,班上还有一个女生,在吵吵嚷嚷的环境下跟他说,那时候她喜欢他,却怎么都找不到机会和他表白,也找不到机会和他接触,还总觉得自己的表白会耽误了沈识檐的时间。

孟新堂没说话,抬起手,搭到沈识檐的肩上,轻轻拍了两下。他的手没有立刻放下来,两个人在这个姿势下相视一笑,像是再多的话也都已经表达清楚了。

一旁忽然传来一阵阵起哄的声音,沈识檐朝中央一看,发现是有个女生在唱歌,一边唱,还一边比画着朝自己的男朋友表白。男孩相比之下要腼腆许多,眼镜下是被篝火映红了的脸,但饶是红了脸,那双眼睛也没从女孩身上挪开过一刻。

大学时代的感情还是比较纯粹的,周围的人也热衷于去为某一段感情起哄，好像看别人拥抱和亲吻，比自己谈恋爱还让人沸腾。

沈识檐不自觉地跟着大家打起了拍子，也随着起哄声，看向已经被其他人拱到中央的男生。男生牵起了女生的手，随着音乐晃着，站在一旁看着心爱的女孩唱歌。

沈识檐侧身，扯了一下孟新堂，在他耳边小声说："要不是这腰酸背疼，我还以为我现在只有二十岁。"

原本孟新堂看着沈识檐白天那么累，还担心这一趟不仅达不到让沈识檐放松的目的，还会给沈识檐增添身体上的疲惫。但现在看来，完全是他想多了，别人亲亲密密，沈识檐看得兴致盎然。

这场晚会持续的时间很久，大家一边吃一边玩，凡是稍微活跃点的，都没逃过表演的宿命。孟新堂和沈识檐本来看戏看得入迷，结果不知怎的，江野就带头把话题引到了他们俩这儿。一群年轻人也完全不跟他们客气，都嚷嚷着要他俩唱首歌。孟新堂噙着笑看着沈识檐，等着这位"音乐家"的回应。

沈识檐推了推眼镜，歪头问他："你想听什么？"

孟新堂如今已经不是那个不懂音乐的人了，沈识檐在家就喜欢放歌来听，带得孟新堂也听了不少歌，新的旧的都有。孟新堂甚至还学会了根据要听的音乐类型选择音箱和耳机，买了不少送给沈识檐。

火光与月光交接，模糊了一切的背景。孟新堂看着沈识檐那张好像从初识起就没变过的脸，忽然想到一句歌词——"到如今年复一年"。

他的目光变得更柔和了些，说："《恰似你的温柔》。"

沈识檐于是笑着起身，从一位同学手里借了把吉他。

沈识檐非常注重演出效果，唱歌前，还把外套脱了，只穿了一件衬衫，对抗沙漠里的冷风。

孟新堂听沈识檐唱过许多歌，但基本上都是两个人走在路上，或者是在房子里各自做着什么事时,沈识檐随口唱的那么两句。这样自弹自唱的完整表演,孟新堂是真的不常见到。

他从不知道沈识檐还会弹吉他,也没在家里看到过任何一把吉他。这就是沈识檐,即便相识这么久,他还是能够给孟新堂惊喜。

手指拨出轻柔的和弦,沈识檐还没开口,连月光都已经安静下来。

孟新堂望着火光照着的人,看着他在弦上摆动的手指,听着他唱着歌里字字句句的温柔,恍惚得像是回到了他们相识的那个初夏。

那时也是这样,他弹着琴,随意地唱着曲子,他的目光便落在了他的身上。

到如今,年复一年。

图书在版编目（CIP）数据

穿堂惊掠琵琶声 / 高台树色著 . — 广州：广东旅游出版社，2021.9（2025.4 重印）
ISBN 978-7-5570-2503-8

Ⅰ . ①穿… Ⅱ . ①高… Ⅲ . ①长篇小说—中国—当代 Ⅳ . ① I247.5

中国版本图书馆 CIP 数据核字 (2021) 第 120596 号

穿堂惊掠琵琶声
CHUANTANG JINGLÜE PIPA SHENG

出版人：刘志松
责任编辑：梅哲坤
责任技编：冼志良
责任校对：李瑞苑

广东旅游出版社出版发行
地址：广州市荔湾区沙面北街 71 号首、二层
邮编：510130
电话：020-87347732（总编室） 020-87348887（销售热线）
投稿邮箱：2026542779@qq.com
印刷：嘉业印刷（天津）有限公司
（地址：天津市静海经济开发区北区银海道 48 号）
开本：880 毫米 ×1230 毫米 1/32
字数：204 千
印张：8.5
版次：2021 年 9 月第 1 版
印次：2025 年 4 月第 16 次印刷
定价：49.80 元

【 版权所有 侵权必究 】

如发现图书质量问题，可联系调换。质量投诉电话：010-82069336